サトウとシオ
イラスト 和狸ナオ
JN131344
たとえばラストダンジョン前の村の少年が序盤の街で暮らすような物語
vol.14

イブ（麻子）
石倉主任の娘に
乗り移ったイブ。

もう
バレてますすよ
あなたがアザミの
王女様ですよね？
悪の女王もたじろぐロイドの勘違い!?
私がラスボスなんですけど……！

はーい！
あれもこれも
ぜーんぶ

私がやったんです!
ロイドに追及されるとなぜか超正直に!?
恋に目覚めたイブ、罪を認めちゃいました

そろそろ殺らせてもらうよ？

準備運動に
ちょうど良さそうだし
相手してあげるわよ坊や
イブ（完全体）
ユーグの研究成果を
凝縮した人造の
魔王。
イブVSショウマ、最強激突!!
余裕風を吹かせるイブの実力とは……？

目次 [CONTENTS]

たとえば
ラストダンジョン前の村の少年が
序盤の街で暮らすような物語 14

サトウとシオ

GA文庫

たとえば
シリーズ途中から
リニューアル
されたような

登場人物紹介

Character Profile

魔女マリー

雑貨屋を営む謎の美女。
正体はアザミの王女様。

ロイド・ベラドンナ

伝説の村で育った少年。
王様の代理で国際会議へ。

リホ・フラビン

元・凄腕の女傭兵。ロイドとアザミの軍学校へ。

セレン・ヘムアエン

ロイドに呪いから救われた。彼を運命の人と熱愛。

アルカ

伝説の村の不死身の村長。
ロイドを溺愛している。

石倉仁

呪いのベルト・ヴリトラの人間としての姿。

リンコ

失踪していたアザミ王妃。
つまりマリーのお母さん。

フィロ・キノン

ロイドを師と仰ぐ格闘家。
異性としても彼が好き。

サーデン・バリルチロシン

ロクジョウ王国国王。
キノン姉妹の父でもある。

メナ・キノン

フィロの姉。
実はロクジョウのお姫様。

レンゲ・オードック

アスコルビン・斧の族長
にしてアランの妻。

ショウマ

コンロン村の若者。ロイド
にとって兄のような存在。

コリン・ステラーゼ

ロイドたちの教官を務める
アザミ軍人。恋愛運がない。

メルトファン・デキストロ

元・アザミ王国軍大佐。
ふんどし姿になりがち。

イブ（完全体）

ユーグの魔王研究の粋を集
め、究極の肉体を得たイブ。

イブ・プロフェン

数々の悪事を仕掛けてき
た悪の女王。

石倉麻子

石倉主任の娘。現在では
イブに憑依されている。

プロローグ

その日は朝から妙な胸騒《むなさわ》ぎがしていたのを覚えています。

ここコーディリア研究所では医療、農業、軍事……様々な分野の先進的研究がされており、私はここで医療の研究対象として病気療養をさせてもらっています。

なんでも私の病気は現代医学で治すのは非常に困難だそうで……色々な病院などでお世話になり最後にたどり着いたのが、この異国の地の研究所でした。

研究所で生活するようになってから早一年。

最初は住み慣れた場所や友人と離れるのは寂《さび》しさと不安でいっぱいでしたが、今ではすっかり慣れました。ちょっぴり和食が恋しくなるくらいです。

研究所にいる人たちも親切で個性豊か、ちょっと強面《こわもて》の父を始め、いつも笑顔の絶えない子供のようなリンコ所長、寝癖《ねぐせ》がトレードマークの瀬田《せた》さん、背はちっちゃいけどいつも勝ち気なユングさん、クールビューティーなアルカさん、結構な頻度《ひんど》でお菓子をくれる自称ぽっちゃりのトニーさんなどなど……重い病気を患《わずら》い伏しがちだった私が笑顔でいられるのはこの人たちのおかげといってても過言ではありません。

もっとも瀬田さんは上司である父から逃げ出すため、トニーさんはサボってお菓子を食べたいから入り浸っているだけ……とダメ人間の片鱗《へんりん》がうかがえましたがそれも含めて愉快な方々でした。

アルカさんも最初は取っつきにくい方かと思いましたが弟さんのことになると途端に饒舌《じょうぜつ》になり、やれ「あの仕草《しぐさ》がかわいかった」なんて口の端《はし》に泡をためるほど語る語る……

三十分も途切れることなく語る様は「学校の校長先生の朝礼か」とツッコみたくなるほど。「弟さん」を地雷ワードに認定するのにさほど時間がかからなかったのだけは付け足しておきますね。

ただ語りたくなるだけあって写真で見せてもらった弟さんはあどけなさを残した無条件でかわいがりたくなる男の子でした。風の噂《うわさ》で聞いたのですがアルカさんが九歳の時に弟さんは事故で亡くなってしまい、彼女はそんな彼を生き返らせるために研究をしているのだとか……そんな荒唐無稽《こうとうむけい》な噂は嘘《うそ》だろう、いつか聞いてみようと思っていましたがついぞ聞けませんでした。

終わりの日は突然やってきたのです。

何の変哲もない普通の朝。神妙なノック音に私は目を覚まし体を起こしてまずは時計の方を見ます。

まだ明け方も明け方、妙な胸騒ぎを感じ「事件でも起きたか？　火事とか？」と私は起き抜けの寝ぼけた頭で逡巡《しゅんじゅん》します。

そんな私の前に現れたのは意外な人物……ひっそりと佇《たたず》んでいるのはこの国の大統領でした。洒落《しやれ》た黒のスーツに身を包み杖《つえ》に身を預けやや腰の曲がったお婆《ばあ》ちゃん……口調こそ陽気で親しみやすい感じではありますが遮光《しやこう》グラスのせいで目元が見えずいまいち表情が読み取れないので正直私は苦手なタイプです。

捉え所のない態度からはどこか打算的なものがにじみ出ている気がして一挙手一投足が胡散《うさん》臭い感じが拭《ぬぐ》えません、クラスに一人はいる「結構話はするけど友達ではない」タイプと思ってください。

実は私と同じ難病を患っているそうで父が「ここなら治療手段がきっと見つかるぞ」とらしからぬ興奮気味な態度で言っていたのをよく覚えています。

「ご～きげんい～かがかな～麻子《あさこ》ちゃ～ん。エヴァ大統領だよ」

エヴァ大統領。

あの時代に新興国を立ち上げた女傑であり彼女の言動がその日の政治経済株価を左右するため投資家が彼女のSNSを食い入るように見つめており日本にいた頃《ころ》もニュースで見ない日はないくらい取り上げられていた有名人です。

同じ病気だと知ったときこそ親近感は湧きましたがもっとも最初だけ、胡散臭さは今も拭えません。

「おっはよ～グッドモーニングゥ……まだ寝ていた？　ごめんなさいねっ」

起き抜けには堪《こた》える芝居がかった老婆《ろうば》の挨拶《あいさつ》、私は胃がもたれる錯覚に襲われます。

「お元気そうですねエヴァ大統領」

「う〜ん、ちょいカラ元気かな？　体ボロボロだし、その辺はご理解いただいていると思うけど」

もう余命幾《いく》ばくもないことを小耳に挟んだことを思い出した私。その底抜けの明るさからは恐ろしさが感じられるほどでした。

「麻子ちゃんは最近どう？　お父さんと上手《うま》くやれてる？」

寝起きに父のことを聞かれ私は取り繕《つくろ》うこともできず、ついつい露骨に苦い顔をしてしまいます。

「ここに来る前より関係は良くなりましたが、まだギクシャクしていますね」

はい、仕事の虫で家庭を顧《かえり》みなかった父を私は好きではありませんでした。

自分が病気になってから治療のため奔走《ほんそう》してくれているのはわかっていても、やはりどこか壁を感じていました。特に父は感情表現が不器用で部下の瀬田さんから蛇なんて言われるくらいですから、事務的な会話で終わってしまうことが専らです。

黙ってしまった私にエヴァ大統領はお構いなしに続けます。

「麻子ちゃん、ちょっとつきあって欲しいところがあるのよ」

「つきあう？」

「まぁ老人の朝の散歩ってところかしら？　……ちょっとした検査みたいなもん、時間はとらせないわ」

念のため私は父がこのことを知っているか尋ねました。

「父は、石倉仁《いしくらじん》はこのことを知っていますか？」

そう言った後、少し意地悪な質問をしたと後悔する私。しかしエヴァ大統領はいっさい動揺することなく声音も変えずに返します。

「ちょっと時間がなくて伝えそびれていたの。事後報告になっちゃうけど怒られたら一緒に謝ってね」

おどけて見せた彼女でしたが、心読まれぬよう顔の上に何かを塗ったくって見えなくしたような表情で不信感は拭えません。

決して底を見せない彼女を怪しむ私ですが父の立場を考えると強く拒否はできませんでした。相手は一国の大統領、要望を断れるわけはない……と。

思えばこの判断が私の失敗でした。どこか夢見がちな私は「ピンチになったら白馬の王子様が助けに来る」なんて淡い願望を抱いていたものですから。正常性バイアスという奴《やつ》でしょうか？　危機感が足りていませんでした。

そして私はエヴァ大統領に先導され研究所のどこかへと連れて行かれることになりました。まだ早朝、普段はひっきりなしにすれ違う研究員の方もほとんど見かけません。実はエヴァ大統領が人目を避けて人通りの少ない場所を歩いていたなんてそのときは気がつきませんでした。

誘われるまま研究所の奥へ奥へ……私の知らない場所に連れて行かれ一歩一歩歩く度不安は募るばかりです。

その私の不安を紛らわすためなのか、単にお喋《しゃべ》りなだけなのかわかりませんがエヴァ大統領はベテランツアーガイドのように語り続けます。

「現代科学では解明できないオーパーツの眠る島があると聞いてね。とるに足らない眉唾物《まゆつばもの》の噂だったけど現物を目にしたときはさすがに心が躍ったわ」

この時の私は子供ながらに安っぽいファンタジーのような話だなと聞いていました。たださも本当にあるかのような熱を帯びたエヴァ大統領の話し方に私は次第に怖さを覚えます。怪談話を語る人のように、儲《もう》け話を信じて疑わず投資に勧誘してくる人間のように……です。

「それはひねれば石油がドバドバ出てくる蛇口のようなものだったわ、もちろん代償はあるけど……あ、話変わるけどひねるとみかんジュースが出てくる蛇口が日本にあるって聞いたけど本当？」

「はい、日本の愛媛県に」

「おっそろしい国ね～」

時折雑談を混ぜながらエヴァ大統領は興奮気味に語ります、なぜ興奮気味だったのかは後にわかることになるのですが……わかった頃にはもう手遅れでしたね。

「一番テンションが上がったのはね、誰もだーれもその石油を石油と認識していないことなの。私大昔から権力者や政治家の占いをやっていた家系でね、その手の文献は暇なとき読んでいたからすぐに理解しちゃったってわけ。マンガだろうとラノベだろうと週刊誌だろうと古文書だろうと、やっぱ読書は身を助けるわね……そう、発見しちゃったの私」

聞いて欲しそうな顔をしていたので私は気を使って尋ねました。

「何をですか？」

「夢の湧《わ》き出る泉」

エヴァ大統領はすっと真顔で答えます。

冗談まみれの言動を繰り返す彼女でしたがこれに関しては嘘偽《うそいつわ》りのない声音で答えたので私は面食らいます。

そして冗談と真剣の狭間にある悪意を私は感じ取ってしまったのです。

「骨董品屋《こっとうひんや》でお宝見つけたら買うでしょ？　だから私はこの島を自分の物にしたの、他国に没収されないように新興国を立ち上げたわけ。幸いに資源的にも立地的にも価値の低い場所だったから『有力者の戯《たわむ》れ』と思われて意外に簡単に作れたわ、自分の国」

家電量販店でちょっと高い買い物をしたかのような口振りで新興国を建国したというエヴァ大統領。

「今まで政財界にコネ作ったり占い師の立場でマインドコントロールまがいのことをしてよ

かったって思った瞬間ね。晴れて私は石油の出る蛇口を手にしたってわけ」

国を立ち上げた経緯を話すエヴァ大統領はどこか子供じみていて捉え所がありませんでした。

「あとはまぁ賢い賢くないは度外視して人材集めに奔走したわ、とにかく数を集めてもてなして口コミで有能な人材が入ってきやすい環境を整えて……計画は順調だったのよ」

「過去形ですか？」

私の問いかけにエヴァ大統領はオーバーに肩をすくめます、映画で見たかのようなわざとらしい仕草でした。

「摂生していたんだけどさ、病気が見つかっちゃってね」

実に軽い感じで語るエヴァ大統領。廊下にアハハと乾いた笑いが響きます。

「計画前倒し、石油の出る蛇口を限界ギリギリまで開けて私の病気を治すためのロードマップを考えて……頑張ったわ私」

「あの、さっきから石油とか夢とか言っていますが実際は何なんです？」

「……」

初めて無言を返すエヴァ大統領。コツコツと足音だけが廊下に響きます。

そして意を決したのか彼女は答えます。

「魔力ってやつよん」

おどけながら答えるエヴァ大統領、しかし声音は笑っていませんでした。ガラリと変わった雰囲気、今まで散々話をしてきた人間とは別人に切り替わったと言っても過言ではないくらいです。

「それを志半ばで手放してなるものか……絶対に……」

ブツブツと自分に言い聞かせたのち、エヴァ大統領は私に話しかけます。普段の彼女のように取り繕った雰囲気を纏《まと》い直していました。

「石倉仁……あなたのお父さんを招いたのも私の病気を治すためよ。優秀な学者で同じ病気を患った娘さんがいる。魔力なんて荒唐無稽な研究も二つ返事で受け入れてくれたわ」

わざとらしく「感謝感謝」と呟《つぶや》き神棚に向かって手を合わせるような動きを見せるエヴァ大統領。

そうこうしているうちに私たちは物々しい扉の前に到着しました。SF映画でしか見たことがないような厳重な扉。大銀行の金庫と言われても信じてしまうくらいの物々しさです。

エヴァ大統領は液晶画面の前に立つと慣れない手つきでタッチしていきます。

「ホイホイ、網膜だっけ？　それとも指紋だったかな？」

遮光グラスを外して画面を覗《のぞ》き込む姿は新聞の記事を読むおばあちゃんのような仕草でした。しかしグラスを外した際にのぞかせた目つきは鋭く、歴戦の老兵を思わせるものでした。

思わず身震いしてしまう私は無言の間が怖くなり彼女に話しかけます。

「あの、検査って言っていましたけれど具体的に何をするんでしょう？」

朝の早い時間にわざわざ身長や体重を測るはずがない、そう思って軽い気持ちで尋ねたところ……

「あぁ、アレ、ウソ」

あっさりウソと言われ私は目を丸くしてしまいます。

「なぁ⁉」

私の素《す》っ頓狂《とんきょう》な声と同時に扉が開きます。

目の前に広がるのは何とも不思議な装いの部屋でした。歯医者のような斜めになっている椅子《いす》に先端の尖《とが》った器具の数々、脳波を調べる電極のようなものが天井《てんじょう》から等間隔にぶら下がっていました。

呆気《あっけ》に取られている私にエヴァ大統領は悪びれることなく答えます。

「いまさら隠し事をしてもしょうがないからハッキリ言うわね、今からちょ～っとハードな実験をするの。病巣を取り除いて完全回復できるかの実験」

「完全……回復？」

「そうよん！　健康な体を取り戻す奪還作戦！　その尊い前奏曲よぉ」

「それならちゃんと言ってくれれば……っ⁉」

そこで私は気が付きました、裏があるから父さんにも言えず誰にも見つからないように早朝ここに来たんだと。

「察しがいいわね～」

エヴァ大統領は本気で感心している素振りを見せます。枯れ木のような掌《てのひら》を叩《たた》いて拍手を送ってきました。そしてその掌をじっと見つめ口惜しそうにこぼすのでした。

「実はねぇ、私の体がもう保たないのよ。だからといってこのまま座して待つのも違うじゃない？　計画段階を端折《はしょ》りに端折ったってワケ。もう一種のギャンブルね」

「ギャンブル……」

「かなり綱渡りなギャンブルだったわ、ユーグちゃんを上手くそそのかしてリンコ所長もごまかしてやっと今日にこぎつけたって話……まぁ所長はあえて黙認しているのかもね。でも麻子ちゃんを犠牲にするかもって知ったらさすがにあの研究バカでも止めに来たでしょうけど」

「犠牲？」

「そ、最悪死ぬんじゃないかしら」

サラリと言い切るエヴァ大統領はニッコリ微笑《ほほえ》むと私の顔を覗き込みます。

「そりゃそうじゃない、死ぬかもしれないリスクを私が負うわけないでしょ？　貴方《あなた》がここで蝶《ちょう》よ花よと至れり尽くせりの療養生活を送れていたのはリスクヘッジのため……あ、あなたのお父さんには内緒ね、そんなことを考えていると知られたら大変だもの」

「え？」

あまりにもあけすけなこの発言に脳が理解を一瞬拒みました。

ああこの人は私で人体実験をして安全を確認してから自分を治療するのだと……失敗して私

が死んでも軽い感じで別の手段を考えるのだろう、と。

私の脳裏に「それじゃあテイクツー行ってみようか」とメガホンを叩く映画監督に扮するエヴァ大統領の画《え》が浮かびます。

「人を何だと……きゃあ！」

怒りをぶつけようとした瞬間、エヴァ大統領は老婆とは思えない腕力で私を実験室に押し込もうとします。生への執着、消える直前の蠟燭《ろうそく》は激しく燃えると聞きますがおそらく彼女も死に直面していっぱいいっぱいなのでしょう。

「このままじゃ二人とも死ぬのよ！　大丈夫！　私が助かるために……一国の大統領の命を救うため最善と全力を尽くした研究よ！　公人の行政サービスを一般人が受けられるなんて中々ないんだから光栄に思いなさい！」

「じ、自分が納税した税金で殺されてたまるもんですか！」

焦《あせ》りのせいかいつものような余裕もなく早口でまくしたて実験室に押し込もうとするエヴァ大統領。病弱な私は老婆の手を振りほどくのに精一杯でした。

思った以上の力で振りほどかれたからでしょう、思わぬ抵抗にエヴァ大統領の語気が鋭くなります、飄々《ひょうひょう》とした老婆ではなく必要ならば躊躇《ためら》いなく人を殺せる残忍な有力者のそれです。

「この小娘っ！」

振りほどかれた手を懐《ふところ》に突っ込むと小さな黒い塊《かたまり》を取り出したエヴァ大統領。それが小型の銃《じゅう》であると気が付くのにさほど時間はかかりませんでした。

　彼女は私に銃口を向けると苛烈《かれつ》な言葉を口にします。

「どーせ病気を治す勢いで怪我《けが》も治っちゃうんだから心臓でも撃っちゃおうかしら、足を狙《ねら》うより楽だし……仮に死んでも例のルーン文字で生き返ったら最高のビジネスになるわ」

「動くな」と脅すのも無駄と判断したのでしょう、引き金にかかっている指には躊躇うことなく力がかかっています。

「いや……助けて……」

「助かるのよ！　私も貴方も！　特に私！！！」

　エヴァ大統領は銃口を私の頭にすり付けようとします。絶対に外さないよう密着して撃つつもりだったのでしょうね。

　私は迫ってくるエヴァ大統領の銃をどうにかしようと必死でした。

　やがて私とエヴァ大統領はもみ合いになります。病弱な少女と老婆のもみ合い……私はエヴァ大統領を何とか引き離し這々《ほうほう》の体《てい》で逃げ出します。

　しかし初めて来た研究所の最奥……土地勘のない私は「どっちから来たのか、どっちに向かえばいいのか」と焦ってしまいすぐに追いつかれてしまいました。

「この小娘！　……あぁクソ！」

　私に向かって発砲しようとするエヴァ大統領、しかし焦っていたのでしょうセーフティロックを外し忘れていたみたいでもたつきはじめました。

私は「あの銃さえ何とかすれば逃げ出せる」と考え意を決して飛びかかります。

「は、離せ！」

「いや！」

そして——「パンッ」という乾いた音が廊下に響きました。徒競走のとき先生が鳴らしていたスタートの合図のような音。

「あ」

「あ」

二人とも気の抜けたような声を上げます。そしてエヴァ大統領の白いブラウスに赤い花が咲くように血が滲《にじ》み出しました。

じんわり、じんわりと大きくなっていく赤い花弁。私がそれを引き起こしてしまったのかと思うと足下が無くなっていく感覚に襲われます。

ようやくもみ合いの末に自分が撃たれたと理解したエヴァ大統領は鬼の形相でにらんできました。

「こいつ……こ、ヒヒュ……」

胸を撃たれ息が苦しくなってきたのでしょう、ヒューヒューという喘息のような呼吸。そして彼女はそのまま廊下の壁にもたれるとうずくまって動かなくなってしまいました。

鉄のような匂《にお》いが充満してきて私は気持ち悪くなりえづきが止まらなくなってしまいます。

事切れうずくまりうなだれた状態でも前髪の間からにらみ続けるエヴァ大統領が怖くなり私は逃げ出します。

そして、人を殺してしまった実感に襲われた私は罪悪感や恐怖感に押しつぶされ目の前が真っ暗になっていきます。

「助けてお父さん……助けて……誰か……」

いつか白馬の王子様が助けてくれるなんて甘い幻想を抱いていた私、すがるような思いを抱いたまま意識は薄れ、そして強大な振動が体を包み込み私は意識を完全に失ってしまったのでした。


ホテル「レイヨウカク」。

アザミ王国とロクジョウ王国をつなぐ街道沿いの山間にそびえる高級ホテルです。

そのホテルの会議室に各国の首脳が勢ぞろいしていました。

眉間《みけん》にしわを寄せ頬杖《ほおづえ》をついているのはアスコルビン自治領の領主アンズ・キョウニン。

その向かいに座っている白髪の好好爺《こうこうや》はアザミの王様ルーク・シスル・アザミ。

間には暑苦しい笑顔を携えた金髪オールバックの中年男性。「アホダンディ」の愛称でおなじみ、国民から慕われているロクジョウ王国の王様サーデン・バリルチロシン。横に佇んでいるのは護衛兼妻のユビィです。

貫禄のある風貌《ふうぼう》でどっしりと座っているのはアランの父親で地方貴族の代表であるスレオニン・トイン・リドカイン。

そうそうたる面々がここに集まった理由、それは「魔王を使い世界を混乱に陥《おとしい》れようとしたプロフェン王国のイブに対する処置」についての話し合いでした。

少々重苦しい雰囲気の中最初にアンズが口を開きます。

「これで全員か？　さすがにあの人は呼んでねぇだろうけどよ」

あの人という言い方に若干《じゃっかん》寂しさを感じさせるアンズ。

「あの人……イブ様なら呼んだらノリで来そうですな」

「はっ、確かにな。んで平然と帰りにお茶でも誘ってきそうだぜ」

冗談混じりでアザミ王に言われアンズは呆《あき》れ口調で同意します。

「仲良かったですからね、アンズ様はイブ様と」

スレオニンの言葉にアンズは自嘲《じちょう》気味に笑うしかありません。

「仲良かったねぇ……今になっちゃ腑《ふ》に落ちることだらけで笑えるけどな。あの人がアタイに近づいて色々嗅《か》ぎ回っていたって考えればよ」

アンズは頭をボリボリ掻《か》くとイブが自分に近づいて何をしていたのか話し出します。

「霊峰の龍とかマステマの実のこととか聞いてきたけど……全ては魔王を意のままに操《あやつ》って支配下に置いたりするためだったんだろうな」

「霊峰の龍を強力な魔王と考え自分の手駒にするため、マステマの実は確か魔王を封じる手段に用いられていると聞きましたが……やはりイブ様、言動は少々アレですが抜け目のない人でしたね」

感心するスレオニン。

アンズは身を乗り出してアザミ王の顔を覗き込みました。

「結局、霊峰の龍はデマって知ったら急に疎遠になったからなぁ……その辺今日は詳しく教えてくれるんだろアザミの王様よぉ」

刀に手をかけ、今にも乗り込む気満々なアンズ。アザミ王はゆっくりと頷《うなず》きます。

「そうです、今日はそのことについて……イブ・プロフェンが世界を崩壊させようとしている件についての再確認。そして我々が取るべき今後の行動について皆様の意見を聞こうと思って集まってもらったのです」

サーデンが暑苦しい笑顔で仕切ります。

「では早速ですが会議を始めましょうか、まずはイブ様の凶行について改めて教えていただけますか?」

アザミ王が話し出す前にアンズが割って入ってきます。

「ジオウが世界相手に戦争吹っ掛けようとした一件、あれ裏でプロフェン王国のイブ様が糸を引いていたって本当か?」

奇《く》しくもこの場所で対ジオウ帝国のアレやコレやを話し合っていたというのに彼女が当事者だった……アンズは憤りを隠せずにいます。

アザミ王は髭《ひげ》をなでながら答えます、アンズを落ち着かせるようにゆっくりとした口調で。

「ジオウ帝国の信頼できる人物に聞いたところ、ジオウの中央ではイブ様らしき人物を見かけたとの情報が多数あがっていた模様ですな。しかし報告の大半は上の人間に握り潰《つぶ》されていたようです」

「上もグルということですか……ずいぶん前からジオウの内部に潜り込んでいた、と。ジオウを隠れ蓑《みの》にして魔王の力でアザミから潰すつもりだったとは」

スレオニンが続けてアザミ王に問います。

「この流れで聞きたいことがありまして……地方貴族のある男にもジオウ帝国、イブ様が深く関与しているとのお話を聞きましたが」

「トラマドール氏の件ですね。国民感情を操作するため国に卸しているワインに呪《のろ》いをかけていたそうですな」

同じ地方貴族の人間として、決して仲は良くなかったスレオニンですが非常に残念といった面《おも》もちです。

サーデンもその件に関しては当事者なので会話に入ってきました。

「いいワインを卸していただけに残念でした。まさか呪術的《じゆじゆつてき》なものを撒《ま》くために利用されてしまうなんて寒気すら覚えましたよ。そのワインのせいで我が妻ユビィも泣き上戸に――」

――コキャ
最後まで言い切る前にユビィの目にも留まらぬ早業でサーデンの首はあらぬ方に曲がってしまいました。

「余計なことは言わない」

「ハッハッハ、世界が斜めに見えて新鮮だね、よっこいしょと」

サーデンは慣れた手つきで首を元に戻しました。

そして、笑顔で首をさすりながら話を元に戻します。

「おーイタタ、さらに最近では我がロクジョウ王国付近のジクロック監獄でイブ様が人体実験まがいのことをしていたと聞きましたが真相をお聞かせいただけませんか？　そこには私の元友人アミジンもいたと聞き少々不安でして」

ロクジョウ王国を乗っ取ろうとした男アミジンの話になるとサーデンの顔から笑顔が消え、いつの間にか真剣な面もちになっていました。

「死体を兵器に転用する人体実験……それに関しては我がロクジョウ王国も私個人も他人事《ひとごと》ではないからね」

かつてアミジン率いるマフィア「昇青竜党」にユビィを人質に取られ身動きが取れなかったサーデン。その間に王国内部は腐敗してしまい、アミジンの甘言により禁忌《きんき》であった「死霊術」の開発に手を出した結果、妻であるユビィは半ばゾンビ状態にされてしまったこと。

その死霊術がまた利用されていることに……いえ、この人体実験のために死霊術を開発させたと思うと憤りが止まらないようです。

感情をあらわにする珍しいサーデンを見てアンズが口の端を吊《つ》り上げます。

「いい顔じゃねえかサーデンさんよぉ。アホダンディからアホをとったら売りが無くなっちまうぜ」

「おっとイカン！　自分が眩《まぶ》しいイケオジのポーズ！」

「何だいそのポーズは」

呆れる妻のユビィさん。スレオニンも呆れながら話を進めます。

「はてさて、イブ様の凶行を白日の下に晒《さら》ししかるべき処分を下すための会議ですが……正直どこから手を付けて問い詰めていけばいいのか迷いますな。何せ相手はあのイブ・プロフェン」

「用心してかからないと煙《けむ》に巻かれるってか、同感だ」

あの人はやり手、そう簡単に糾弾《きゅうだん》することはできないというのが共通認識のようです。

皆が苦い顔をする中アザミの王様は「我に策アリ」な顔をしていました。

そのタイミングを計っていたのか、突如バババーンと誰かが扉を開き、現れたのは白衣の女性でした。

「話は聞かせてもらったわ！」

「どわ⁉　なんだこの人は⁉」

びっくりして刀を抜きかけるアンズ、その様子を見て女性はしてやったりな顔をしていました。この様子だと驚かせる気満々で飛び出てきた模様です。

「アッハッハ、びっくりした？　お嬢ちゃん、殿中でござるぞーってね」

「殿中ってなんだよ！　本当に何もんだこの人は⁉」

スレオニンは正体に気が付いたのか目を丸くして驚きます。

「ま、まさか……行方《ゆくえ》不明と噂されていた……」

白衣の女性はビシッとポーズを決めて名乗りを上げます。

「ザッツライト！　ルーくん……ルーク・シスル・アザミの妻でお妃のリーン・コーディリアでーす！　気軽にリンコでよろしくお願いします！」

アザミ王の妻と名乗るリンコにアンズとスレオニンはさすがに「いやいや」とツッコみます。

「何このノリの良すぎる人⁉　いやそれより……若すぎじゃないか？」

「失踪した頃と同じくらいの年齢じゃないですか、説明をくださいアザミ王」

アザミ王は驚く一同を見て笑っていました。ユビィが興味津々《しんしん》でリンコの顔を覗き込みます。

「化粧でごまかしているってわけでもないし、メイクだったらご教授願いたかったけど……まさか私と同じで一回ゾンビになったんじゃないだろうね？」

どう見ても三十代なリンコに怪訝《けげん》な顔をするユビィ。

リンコは茶目っ気たっぷりの笑顔を見せます。

「ゴメンね、ナチュラルメイクなのよ。んでもってゾンビか……当たらずとも遠からずって感じよね」

リンコはアザミ王の隣に座ると足を組んで大仰《おおぎょう》に腕を広げます。

「そうね、私がこの世界でいわゆる魔王ってやつだから……ならご納得いただけるかしら？」

「「「――ッ⁉」」」

息を飲む一同。リンコは楽しそうに笑いながら衝撃の事実を続けます。

「んで、イブ・プロフェンも同じ魔王の類《たぐい》よ、さらにさらにさらに――」

暴露の絨毯《じゅうたん》爆撃状態に頭の回らない一同。さらに畳みかけるリンコはノリノリで種明かしを続けます。

「私とイブ、魔王と呼ばれる連中は別の世界……異世界からやって来た存在でっす！」

魔王、異世界……突拍子もない話の連続にしばし会議室が静寂に包まれます。

「えっと、悪い、理解が追い付かねえや。誰かわかりやすく説明してくれ」

ギブアップ宣言をしたアンズにリンコが笑顔を向けます。

「あ、そうそう、アンズさんにはお礼を言いたかったのよ。あなたのご先祖様が私を祀《まつ》ってくれたおかげで霊峰で引きこもり生活を送れたの」

「引きこもっていた⁉　霊峰で⁉」

ギブアップ宣言した直後追加で個人的な情報を追加されアンズの脳みそはパンク寸前のようです。

「いやぁねぇ、大昔に自治領で魔王の姿のままふらついていたら守護神様じゃ〜って驚かれて、良い感じのお社とか人払いとかしてくれてさ。いやぁ快適に過ごせたわぁ」

まさか目の前にいるのが伝説の竜神……アゴに手を当て思案するアンズ、一周回って冷静になったようですね。

「そうか……竜神は観光客を呼び寄せるためのデマって親父は言っていたけど、作り話にしちゃ凝った伝承だらけだったからガキの頃から妙だと思っていたんだよなぁ。え、マジで守り神様？」

「大したことしていないけどね、何なら竜の姿になってあげようか？　この部屋壊れちゃうと思うけど」

「あ、いや、止めときます」

これ以上は脳が吹っ飛びかねないと丁重にお断りするアンズさんでした。

今度はようやく落ち着いたサーデンがリンコに質問をします。

「イブ様が異世界から来た来訪者だとしても、ではこの一連の騒動の目的は何なのでしょう？　世界を掌握《しょうあく》したいにしてもこのやり方は賢くないと思います」

迂遠《うえん》な行動と断定するサーデン、確かに世界を混乱させてから掌握しても復興が大変、何より大国プロフェンの王様という立場ならもっと手段はあるはずだという見解です。

「わざわざジオウ帝国とアザミ王国を仲たがいさせ潰し合わせたところで、経済的に今後の旨味が無くなってしまう……そのことに気が付かないイブ様ではありますまい」

「実際ジオウ帝国はボロボロ、アザミとのわだかまりも無くなったわけではありません。地方貴族や各国とも遺恨《いこん》を残し、このままじゃ経済停滞を引き起こしかねません」

リンコは「まぁそうよね」と軽い感じで肯定します。

「あの人は元の世界でも一国の王様やっていたからそのくらいは頭に入っているわよ」

「目的は別にあると?」

リンコは少しためると今までにない真剣な顔で語り始めました。

「だって、あの人の目的はこの世界のかく乱……ただそれだけだもの」

アンズは今にも刀を抜きそうな勢いで苛立《いらだ》ちます。

「かく乱だぁ⁉ 子供の嫌がらせみたいなことして何になるってんだ」

「私の足止めよ」

「足止め⁉ それだけのために⁉」

「そう、足止め。イブの真の目的はルーン文字や不老不死、こっちで開発した兵器その他諸々《もろもろ》
『独り占め』して元の世界に帰ることよ」

そこまで言うとリンコはゆっくり視線を落とし独り言のように声を小さくします。

「私にこっちの世界に未練ができるよう仕向け、ユーグちゃんの罪悪感をたきつけ、アルカちゃんも騙《だま》し続けた……」

「あ、あの、リンコさん?」

スレオニンの問いかけも聞こえないのかリンコは呟き続けています。

「一人だけ魔法が使えるなんてチート状態になって何が楽しいのかしら、ゲームだってなんだってギリギリから神プレイは生まれるもんなのに。脅《おびや》かす者のいない食物連鎖の頂点なんて三日で飽きるわよ……っと」

周囲のことを忘れ独り言ちていたことに気がついたリンコは「メンゴメンゴ」と謝ります。

「とにかくイブ・プロフェンはこの世界を滅茶苦茶にして私を足止めしてから元の世界に逃げ出そうという算段よ」

呆気にとられる一同の前でリンコは新たに決意表明をします。

「もちろん、そんなことはさせないわ! 私が骨を埋めようとしているこの世界をそんな理由でしっちゃかめっちゃかにされてなるものですか!」

スレオニンはお茶を口にして一息ついて全てを飲み込みました。

「いささか荒唐無稽な話ですが大筋は理解できました」

アンズも晴れやかな顔でリンコに向き直ります。

「ところどころサッパリだったけどよ、最後の『好きな人と過ごすためにこの世界を守る』って気持ちが本物だってのはわかったぜ。良い女だなアンタ！　手放すなよアザミ王！」

「あ、あざっす」

直球の言葉にガラにもなく照れるリンコ、アザミ王も照れています……というかデレデレですね。

「ハッハッハ、魔王が味方というのはなんにせよ心強い。しかも奥さんが魔王というのもスゴいことですねアザミ王」

サーデンの言葉にアザミ王は目尻《めじり》を下げたまま頷きます。

「じゃろじゃろ」

「まぁうちのユビィも時折魔王みたいになりますから似たようなものですかな。なーんてサーデンジョーク――」

コキャ
ユビィの目にも留まらぬ早業でサーデンの首が傾きます。

「余計なことは……？」

「言わない約束デスヨネ」

サーデンの軽口に場がちょっと和んだところでスレオニンがリンコに促します。

「イブ様の目的が色々わかりましたが具体的にどう詰めていくか考えをお聞かせください」

リンコは「ご清聴ください」と企業のプレゼンテーションのように切り出しました。

「皆さんに求めていることはたった一つ。『イブに自らの悪事を一つでも認めさせること』です」

「一つだぁ？　さんざん裏で糸引いていた悪党に一つ認めさせるだけでいいのかよ」

どうせなら全部糾弾してできるだけ重い処罰を与えたい、アンズの言うことはもっともですね。

しかしリンコは「一つでもいい」と強調します。

「一つでいいのよ」

「理由をお聞かせ願えますかな？」

スレオニンの問いにリンコの代わりにアザミ王が答えます。

「ジオウ帝国が駒として扱えなくなった今、彼女がすぐに動かせる手駒は自国プロフェンくらいなものじゃろう」

アザミ王の言葉に一同は静かに耳を傾けています。

「特にプロフェン王国の軍人や上級国民はイブに絶大な信頼を寄せている、神格化していると言っても過言ではない。それこそ世界を敵に回せと言っても二つ返事で武器を取るような連中じゃ」

「イブ様の手腕は耳にしています、確かに市井《しせい》の者はともかく富裕層や軍の関係者は異常なくらい従順で統率が取れていると」

繁栄を享受《きょうじゅ》し続け盲目的になったと小耳に挟んだスレオニンは語ります。

続いてアザミ王に代わってリンコが笑顔で話を続けます。

「でもその神話が少しでも崩れ始めたらどう？　たとえば『安寧《あんねい》をもたらしていた国王が実際は国民を捨て駒扱いにしようとしていた可能性がある』……なんて知ったら物凄《ものすご》い反動が起こるでしょうね」

サーデンがリンコの真意に気がつきます。

「一つでも疑問を持たせ軍や上級国民の動きを鈍らせようとする作戦ですかな？」

リンコは「正解」とノリのいい先生みたいにサーデンを指さします。

「ジオウ帝国を利用できなくなった今、自国民を上手く動員できないと彼女の計画に狂いが生じる。時間をかけて彼女の味方を一つずつ潰し、焦らせ動きが雑になったところを潰す、それが狙いよ」

長期作戦の提案にサーデンらは納得します。イブが奥の手を隠し持っている可能性がある以上、それが一番安全だと思ったんでしょうね。

しかしアンズが素朴な疑問を口にします。

「でもよ、ジックリやっているうちに、こっそりイブ様が『元の世界』ってやつに帰っちまうってことはないか？　それでいいっちゃいいのか？」

「ハッハッハ、一泡吹かせられないのは癪《しゃく》だがこの世界にとってそれが一番安全かも知れませんな」

安全策に同意するサーデン、しかしリンコは苦い顔のまま「却下ね」と答えます。

「あの人のことだもの、不老不死になって元の世界を掌握して百年くらい経《た》ったら飽きてこっちの世界にもちょっかい出してくるに決まっているわ」

スレオニンは困った顔で唸《うな》ります。

「うむ、イブ様なら言い出しかねませんな。というか画が簡単に見えて困ります」

「百年、二百年後……ワシらの孫や曾孫《ひまご》の世代に迷惑をかけるわけにはいかん、享楽主義の悪党はワシらでどうにかするのが筋じゃ」

アザミ王の言葉は「今の時代の人間」としての責任のある重いものでした。未《いま》だ見ぬ子孫に苦労をかけたくない……国民や弟子、子供のいるサーデンやスレオニン、アンズたちの胸にくるものがあったようですね。

「なるほど、燃えてきたじゃない」

口を出さなかったユビィも娘たちを守るためならと静かに闘志を燃やしていました。

アンズもやる気十分、今にも刀を抜きそうな勢いです。

「アタイらの代の不始末はアタイらでしろってな。でもよ、だったらなおさら逃がさねえように時間なんかかける余裕なくないか?」

アンズのもっともな疑問にリンコは一枚の資料を会議室のテーブルの上で開きます、それには近未来的な意匠の施された剣が描かれていました。

「その必要はないわ、だってカギはこっちが握っているんだから」

「カギって、このヘンテコな剣のことか?」

「これは……聖剣ですか?」

サーデンの問いに「その通り」とリンコ。

「敵さんの狙いはこの聖剣だからよ。魔王……自我を失った向こうの住人を『最果ての牢獄《ろうごく》』から解放する代物《しろもの》。そして同時に『最果ての牢獄』から向こうの世界に帰る鍵《かぎ》でもあるの」

「ほほう、そんな力が……ずいぶんと聖剣にお詳しいですな」

「まぁね、私が作ったからよ」

さらっととんでもないことをカミングアウトするリンコにアンズはこめかみを押さえます。

「やれやれ、頭が痛くなってきたぜ」

「元々はこっちの世界で休暇を楽しんで楽しみ尽くしたら帰るつもりでいたからね。でもただの鍵じゃ芸がないから剣の形にしたの、もちろん他《ほか》の魔王に悪用されないよう魔王の関係者は触れないように細工して引っこ抜くにはかなりの力が必要に設定したわ。結局私も触れなくなっちゃったのはケアレスミスだったけど、完璧《かんぺき》な才能は時に自分を苦しめるのよね」

「なんでそんな回りくどいことを」

「そっちの方が面白《おもしろ》いから……っていうのもあるけど、実際は聖剣を引っこ抜けるほどの力の持ち主なら向こうの世界から来て魔王になってしまった連中の後始末を私の代わりに頼めると思ったからよ。まぁそれはさておき、これがアザミ王国で保護してある以上こっちが有利よ」

広げた資料を畳むとリンコはプランを説明し始めます。

「というわけでまずプロフェン王国に各国首脳陣で乗り込んでもらうわ。ジオウを操っていた件、そしてジクロック監獄に対し個人的に出資して私物化していた件……証拠もあるしどれでも良いから一つでも悪事を認めさせて欲しいの」

「私は聖剣を守らなきゃならないからお願い」とリンコは空手のポーズでビシッと決めてエールを送ります。

しかしサーデンらは不安そうな顔でした。

一つでもイブに罪を認めさせる……それがどれだけハードなことか気後《きおく》れしているのです。

思い返せば一度も自分の不利になるような状況を作り出さなかった政治的手腕。ごまかし、ある時は騙し、自国に安寧と繁栄をもたらし続けたあの女傑が相手……

勝ち筋が全く見えず優秀な首脳陣も沈痛な面もちでした。

元の世界での大統領としての姿を知っているリンコも気持ちはわかるようで頬《ほお》を掻いています。

「だが相手はあのイブさん。のらりくらりとかわされてしまいそうですよ」

「しかも敵地に乗り込んで申し開きを聞くんだろ？　何仕掛けられるかわからねえぞ」

「あのイブさんがこっちの思惑通りに動くイメージが……」

口々に不安を訴える首脳陣。特に何度か彼女から薫陶《くんとう》を受けたスレオニンは不安な顔でした。

「経済の先生には頭が上がらないってか？　スレオニンさん」

ちゃかした後アンズも「わかるぜ」と同情を見せます。

「仲良くさせてもらっていた身からしたらわからなくもねぇぜ。あの人お茶らけちゃあいるが威圧感があるんだよな。怒られたら怖そうな人っての？　子供じゃねぇのにそう考えちまう」

サーデンが二人の意見をくんでリンコに問いかけます。

「苦手意識を持つ方が二人もいて追い詰めるのは大変ですよ、サーデンは全力を尽くしますが他に手が欲しいところです」

「重々承知の助よん」

「うむ、承知の助じゃ」

リンコとアザミ王は案ずるなと同時に頷きます。なにやら秘策があるようでとても頼もしそうな顔つきでした。

「ほっほ、その辺は策を考えておる。イブ様のような方がもっとも苦手とするタイプを送り込むつもりでいるからの」

「イブ様が苦手？　実に興味がありますね」

リンコは笑いをこらえながら答えます。

「絶対苦手よ。狡知《こうち》を張り巡らす輩にはその真逆をぶつける……純粋純朴な少年をね」

「「「あぁ」」」

スレオニンもアンズもサーデンもユビィも納得の表情を浮かべました。

「その真逆の人物の名前、知りたい？」

「ロイド・ベラドンナですよね」

あっさりサーデンに即答されるリンコ、「クイズにもならないか」と吹き出します。

「アザミ王の代理としてワシの代わりにプロフェン王国に向かってもらうつもりじゃ」

アンズが興味津々顔でテーブルに身を乗り出します。

「風の噂で聞いていたんだけどよ、次期国王って話マジだったのか？」

野次馬気質なアンズと違いサーデンはシリアス寄りの表情です。

「本人は否定していると娘からは聞いておりますが、世界の緊急事態を利用し外堀を埋めるのはよろしくありませんね」

「アンタ、素が出ているよ」

「おっと失敬、いやぁロイド君にはロクジョウ王国の方に来てもらいたくてさぁ、国を救ってくれた英雄だし娘二人ともぞっこんだし？」

「モテモテですなぁロイド君は。では間をとって地方貴族であるリドカイン家を継いでもらいましょうか？」

「間ってなんだよ、アランの奴はいいのかい？」

スレオニンは難しい顔をしておりました。

「実は婚約者でありアンズ様の同郷であるレンゲさんの尻に敷かれていて……地方貴族的には強い女性は歓迎なのですが、敷かれすぎていて逆に期待より不安になってきましてな。心配の方が上回ってしまったというのが正直なところです」

まさかのアランポイー発言に茶化したアンズが平《ひら》にわびます。

「まぁレンゲは悪い奴じゃねーけど……変に暴走するからその辺は注意だな。アイツ一瞬セレンちゃんを越える時があるからな」

「アザミの猛《たけ》きストーキング☆サイクロンのセレン・ヘムアエンをですか？」

大層な二つ名がついていますね。ある意味吸引力の変わらない偏愛の持ち主ではありますが。

「サーデン的には最後は本人の意思だと思いますが……まぁそれより話を戻しましょう。彼が来てくれるとなれば心強いですね、敵陣に乗り込んでも安全だ」

「会議の席で妙な動きをされてもアタイとユビィさんに加えロイド少年がいたら百人力よ」

吠えるアンズ、今この状況で誰が狼藉者《ろうぜきもの》っぽいか街頭アンケートをとったらきっと全員一致で彼女でしょうね。

リンコはニコニコしながらやる気になっている彼女らを見やります。

「いけそうな気がしてきたじゃない。やっぱロイド君ね、カタログスペック以上の何かを持っているわ」

最果ての村コンロン出身。かなりの実力の癖にその特異な出身地のせいで自分を弱いと思い込んでいてモンスターをモンスターと思わない無自覚少年。

しかしその勘違いぶりで数々の問題や事件を無自覚に解決してきたのです。本人は事件を事件とも思わず解決することも多々あるためいつしか周囲の人間は「彼なら奇跡を起こしてくれる」と思うようになりました。

比較的付き合いの短いリンコも期待してしまう不思議な少年。そして――

「あの子が聖剣を引き抜いてくれたのも絶対偶然じゃないわね……だって」

リンコはにっこり微笑みました。

「この世界を託すため、聖剣を抜くには力だけでなく優しさも必要にしたんだから」

「ん？　何か言ったかリンコや？」

「ん～ん、何でもないよルー君」

リンコは笑ってごまかすと我が子のようにロイドに期待をするのでした。


そのイブことエヴァ大統領の本拠地、プロフェン王国その地下室。

白衣に身を包んだ一人の壮年の男性が書類を眺めていました。

長身痩軀《そうく》で白衣の映えるスレンダーな体型、同じくらい鋭く精悍《せいかん》な顔立ちはどことなく蛇を彷彿《ほうふつ》とさせます。

ジン・イシクラ――かつてコーディリア研究所の敏腕職員として新世代のルーン文字の研

究に尽力していました。

そして……この世界に転生して記憶を失い「ヴリトラ」という蛇の姿をした魔王として世界を恐怖に陥《おちい》れ――ることは一切《いっさい》行わず、どちらかというとアルカたちには乗り物扱いされたりベルトに憑依《ひょうい》したらセレンに良いようにこき使われたりと不憫《ふびん》な目にあった御仁です。

「勘弁してください我が主！」と声高に叫ぶのが日課……ある種のノルマだった彼がイケオジにビフォーアフター……いったい何があったというのでしょうか。

イシクラことヴリトラはコーヒーに映る自分の姿を見て自嘲気味に笑います。

「まさか元の姿に戻れる日が来るとは……しかし全く喜べん、悪党の片棒を担がされていたらな」

ヴリトラは悪党と口にした瞬間苦虫を嚙《か》み潰したような顔になりました。その悪党とは――

「おいっす～！　順調かね～？　い～しく～らく～ん！」

実に軽い感じで現れたのはウサギの着ぐるみ。その珍妙な姿は身バレを防ぐための対策だそうで、その正体は――

スポン！

着ぐるみの頭部を外すと中からは可愛《かわい》らしい黒髪の女の子が登場しました。可憐《かれん》でどこか儚《はかな》げ、深窓の令嬢薄幸の美少女といったところでしょう。お茶らけた言動からは想像できない真面目《まじめ》そうな顔立ちでした。

ヴリトラはその顔から目を背けます。

「頭を外すな」

「あ～ら、冷たいのね、お父さん」

「その顔、その声でお父さんと言うな……」

奥歯を噛みしめヴリトラは書類に目を落とし続けます。まるで神話にある「振り向いてはいけませんよ」なくらい頑《かたく》なに視線を向けませんでした。

「あらら、寂しいわ」

彼女の名前はイブ。この世界におけるプロフェンという大国の王様で転生する前は新興国の大統領エヴァと呼ばれていました。

研究所ごと異世界に引っ張られた際、死にかけていたエヴァが心神喪失していた麻子の体に乗り移り、百年以上もの間素性を隠し生きていた半端《はんぱ》な「魔王」……それがイブの正体でした。

イブはどこか適当に腰をかけると行儀悪く耳の穴をポリポリ掻いています。

「たまにはこうやって外さないとムレるのよ。不老不死を隠すためとはいえ『代々プロフェンの王様は着ぐるみを着る』なんて伝統を作ったけど案外不便なのよ。わかる？　この苦労」

「娘の体を乗っ取って裏で暗躍している輩の苦労など知ったことか」

トゲのあるヴリトラの物言いにも馬耳東風なのでしょう、今度は鼻をほじり出しました。

「これでも心痛いのよ。あなたの娘さんの体を利用していること、あと——」

イブは瞳孔《どうこう》を開いて野心むき出しの表情で吐き捨てるように言葉を続けます。

「前の世界を完全に掌握できそうになる……その一歩手前で失敗してしまったこともね！」

娘の顔で世界征服をたくらむ悪の組織の首魁《しゅかい》のようなことを言われ、ヴリトラは目頭を揉《も》みました。

イブはそんな彼の視界に嫌がらせのように入り込むと、悪い顔を浮かべ元の世界のことを懐《なつ》かしむように語り出します。

「好きな場所に隕石《いんせき》を落とす手段に一月で収穫できる小麦や作物、とどめの確率操作……あとは私の体が健康にさえなれば死ぬまでにだれも成し遂げたことのない『世界征服』なんて面白いことできたのに」

落胆したかのようなイブでしたがヴリトラから離れると豹変《ひょうへん》し小躍りをはじめました。

「でもっ！　そのおかげで不老不死というおまけ付きでルーン文字を独占して元の世界に帰れそうだし！　一回死んでみるもんね！」

転んでもただでは起きないと豪語するイブにヴリトラは顔を背けたまま問い詰めます。

「本当に娘の体は返してもらえるんだろうな」

「もちろん！　私の新しいボディが完成したらね……最近大変なのよ、時折発作が起きたりするのをお薬やあの子の好きなカモミールとかリラックスできるお茶がぶ飲みしたりたゆまぬ努力をしていたのよ百年以上も」

「何がたゆまぬ努力だ……娘の体を無事に返す、それがおまえに手を貸す条件というのを忘れるなよ」

「取引で下手を打つような真似《まね》はしないわ、そこは信頼して欲しいものね」

イブはそう言うと研究室の奥にある物々しいポッドを見やります。その中には裸の成人女性らしき物体が培養液に浸されていました。

「あの私のニューボディが完成したら『マステマの実の封印作用』を応用して私の意識だけをあそこに乗り移らせるわ。その信頼性は今寸分違わぬ昔の容姿に戻っているあなたならご理解いただけるかと存じますが?」

「まぁ、確かにな」

手のひらをじっと見つめ全く違和感を覚えない自分の体を感じ取り信用するしかないヴリトラ。

「そしたらそっくりそのまま娘さんの体は返してあげるわ、発作も起きているし数年経ったら普通に目覚めるでしょ」

「逆らえない状況に追い込んでの交渉術、転生してもやはり貴方は希代のペテン師ですね」

ちょっと皮肉を混ぜるヴリトラにイブは顔色一つ変えず言葉を返します。

「口の聞き方に気をつけなさいなイシクラ主任。娘さんの体は私が預かっているということを忘れないでね」

「交渉で死をちらつかせるのは二流のやること、人質は生きていることに価値があるものと昔の偉い人が言っていましたよ」

「まぁ怖い、誰の台詞《せりふ》？」

「やり手大統領時代のあなたの台詞でしょ」

イブは可愛く舌を出すと「忘れてた」とおどけてみせるのでした。

「んもう厳しいことばかり言って、イケオジに戻れたしちょっとは感謝しなさいよ。元のヘビやベルトの姿より全然ましでしょうに」

ヴリトラはそう言われ蛇の姿や呪いのベルトとしてセレンに装備されていた時を思い出します。

コンロン守護獣としてアルカたちにこき使われ丈夫な皮をエプロンの生地にされたこと、夜通しロイドへの愛を語られ目眩《めまい》が止まらなくなったこと……

「どれも最悪だったな」

そう言うヴリトラの顔は言葉とは裏腹に笑っていました。

「あらら」

ヴリトラがどう考えているのかその表情で読みとったイブはつまらなそうに机にもたれかかり頬杖をつきます。

「ま、ちゃんと仕事さえすれば約束は守るわ。破るメリットが嫌がらせしか思いつかないもの」

「あなたの乗り移るボディと向こうの世界に帰る研究、最後の詰めという仕事だな」

「あと、全部終わったら『最果ての牢獄』を壊してリンコ所長やアルカちゃんたちがこっちに来れないようにすること」

念を押されたヴリトラは資料に目を通します。

「あなたの素体は九分九厘《くぶくりん》完成して今は最終調整、工学系以外もそつなくこなす……さすがレナ・ユーグといったところです」

「まっさきにあなたのボディを完成させていたわよ、きっと罪悪感があったんでしょうね。事件を引き起こし娘である麻子ちゃんを殺してしまったかもしれない罪悪感……」

言葉の途中、イブは麻子の顔を指さしニタリと笑います。

「まさかこんな近くにいたなんて思ってもいなかったでしょうね、ネタバラシする前にリタイアしちゃって残念至極よん。向こうに帰るからもう二度と会うこともないでしょうし」

全然残念そうに思えない言い方をするイブにヴリトラは「そう上手くはいかないぞ」と警告するようなことを言い出しました。

「しかし、システムの方に難ありですね」

「難？　何よ、この設備でもダメ子ちゃんなの？」

ヴリトラはため息を一ついて、その「難」について説明します。

「やはりリーン・コーディリア所長といったところでしょうか、『最果ての牢獄』を壊すだけではだめなようで、例の装置にはロックが掛かっている模様ですね」

「ロックが……こじ開けることはできないのかしら？」

「ロックと言うより出力調整のキーのようなもの、壊してしまったら向こうの世界で起こったことと同じ現象……いや、こじ開けたらそれ以上のことが起こってしまうかもしれませんし……それに、そもそも触れない可能性も高いですよ」

「触れない？　まさか⁉」

ヴリトラはリンコを褒《ほ》めるような、どこか嬉《うれ》しそうな口振りです。

「こちらの世界にきた転生者……魔王とその従者には物理的に干渉できないようになっています、おそらく聖剣に施されたシステムの応用かと」

一方イブは動揺を悟《さと》られたくないのか着ぐるみの頭部をかぶり直し表情を隠します。

「ぬかったわね、『最果ての牢獄』に入るための鍵かと思いきや……例の装置の出力の調整キーだったってこと？」

「聖剣を使わず封印を解除するような輩対策……というかエヴァ大統領《あなた》対策でしょうね」

「ユーグちゃんをそのかすための聖剣がまさか本当に鍵だったなんてね、やるじゃない」

二の腕の部分をさするのが止まらないイブ。苛立っているときの娘と同じ仕草でヴリトラには口では讃《たた》えているけど動揺しているのがわかってしまいました。

「どうしました？　二の腕が痒《かゆ》いのですか？」

「そ、そうそう！　着ぐるみの中毛羽立っちゃってさ～！　柔軟剤変えてみようかな？　それとも思い切って新調しようかな～？」

頑張ってごまかす姿を見てヴリトラはちょっと吹き出してしまいました。

「いや、失敬」

イブは見透かされたのに気がつき「グヌヌ」と唸ります。まだこんなリアクションをとれるだけ余裕があるみたいですね。

「まぁいいも～ん。今度の各国首脳会議で口八丁で上手いこと聖剣を手に入れちゃうもんね」

おどけてみせるイブにヴリトラが尋ねます。

「会議ですか？」

「そうよん、もちろん役人なんかがする仕事をしているアリバイ工作の為の会議なんかじゃ断じてないわよ、ものすごい有意義な会議なんだから！」

「有意義……あなたがそこまで言い切るほどの議題は何なのですか？」

気になって尋ねるヴリトラにイブはふんぞり返って答えました。

「私イブ・プロフェンの悪事や不正を暴くための会議よ」キリリ

「確かに有意義ですね、超がつくほど」

ダメ人間を見る眼差《まなざ》しのヴリトラにイブはわざわざ着ぐるみの頭部を外してテヘペロと舌を出します。

「いやぁ、非人道的な人体実験やジオウを裏で操ってどちゃくそやばい兵器の建造、地方貴族を脅して出荷するワインに呪術的な異物を混入させてアザミ王国を混乱させようとしたこと……その他諸々バレちゃってね。ちょっとしたお茶目なのにさ」

「娘の顔でそんな物騒な言葉を吐かないように」

あっけらかんとした態度を崩さないイブに根っからの悪党なのだとヴリトラは再確認しました。

イブはまるでバレるのも想定内といった態度です。

「早いか遅いかの違いだったのだけど、正直『ツいている』わね」

妙なことを口走るイブにヴリトラは疑問の眼差しを向けました。

「ツいている？　ずいぶん余裕のある態度ですね？」

「そりゃねぇ、寄ってたかってプロフェンに乗り込んでくるのよ、こっちのホームグラウンドに。悪の組織のアジトだもん、やりようは色々あるじゃない」

イブは麻子の顔で真剣な表情になります。

「相手さんはこちらに乗り込んで色々仕掛けたいんでしょうね。兵力や切り札の確認とか……もしかして社会的に追い詰めて動揺させて準備もままならない前に私を動かそうとしているのかしら？　まぁそれはないわね、そこまで私を見くびるわけ無いわ、あのリンコ所長が」

「そうでしょうね、性格の悪さじゃあなたと所長はどっこいどっこいですから」

「もしかして私の知らない切り札が⁉　怖いわ〜、おっかね〜よ〜おか〜ちゃ〜ん！　……あ、お父さんの方が良かった？」

「結構です。しかし……ッ⁉」

随分余裕がある、何か隠しているのかと探ろうとしたヴリトラでしたが口をつぐんでしまいました。

「く、フフ……」

その視界の端に喜色満面、悪魔のような笑顔でイブが笑っていたからです。自分の娘の顔でドギツイ表情、思わず胃がキュウと悲鳴を上げました。

「全て感付かれたとしても何故《なぜ》リンコ所長もアルカちゃんも私をぶち殺しに来ない？　答えは決まっているわ、それができないってことはこの世界に愛着が湧いてしまったってことよねぇ。大陸中央、アザミ王国と同じくらいの大きさであるこの大国プロフェンが後先考えずルーン文字を用いた兵器を投入し戦争に動いたら向こう百年は地獄だものねぇ。アルカちゃんやリンコ所長がいてもさすがに無傷とはいかないわ」

イブはそこまで言うと一転さわやかな表情で天を仰《あお》ぎます。

「情や愛着が湧くようそそのかした甲斐《かい》があったわ。バカねぇ」

表情はさわやかですが言っていることは悪党そのもの、心底バカにした顔でした。

この顔を見てしまったヴリトラ。愛娘の体を人質に取られているような状況を再確認してしまい恐怖がこみ上げてしまったようですね。

すっかり大人しくなった彼にイブは話しかけます。

「最後に足を引っ張るのは情よ。覚えておいて損はないわよイシクラ主任……あぁ、現在進行形で引っ張られている子に言ってもしょうがないか、アハハ」

イブは反論してこないヴリトラを見て気をよくしたのか演説するように言葉を続けます。

「あなたの娘さんに乗り移ってからこの画はすぐに描けたわ。連中に疑似的であろうと本物であろうと家族のようなものを持たせることにより情に厚くなるよう仕向ければ『病弱で幸薄い女の子』の体を脅かすような真似はできないだろうと。割り切って命を狙いに来てもその時はあの手この手を駆使して返り討ちにするけどね」

余りに非道、余りに狡猾《こうかつ》。

百年以上も前から麻子という薄幸の美少女を人質にするため「情」を切り札にするべく様々なことを企《くわだ》てていた……ヴリトラは背筋が凍るような思いでした。

「手段なんて山ほどあるわ、いっぱいありすぎて目移りしちゃうくらい。家庭を持たせるなんて序の口で役職を与え部下を作らせ責任や立場で追い込むなんてのもあるわよ……さぁ、情という足枷《あしかせ》付きで私に勝てると思っているのかしら？」

新しい玩具《おもちゃ》を見つけたかのようにイブは楽しげに部屋から出ていったのでした。

我が娘の顔をした悪魔去りし後、ヴリトラはこめかみを押さえます。

「彼女のボディが完成する前に所長の力で事態が好転してくれないかと願ったが……そう都合よくは行かないか」

娘のため迂闊《うかつ》な真似はできない、自分にできることは悪事の片棒を担ぎながら祈ることのみ。

「我ながら情けない……こんな状況、娘が知ったら叱られるな。あとセレンちゃんにも」

表情の暗くなるヴリトラはふと娘が昔言った言葉を思い出します。


「大丈夫……こんな時ってさ、白馬の王子様が助けに来てくれるものだから」


冗談混じりで気丈に振る舞う娘に「王子様か何か知らんがアポ無しで来たら突き返してやる」とマジ顔で返答をしたのを思い出し苦笑しました。

「白馬の王子様か……今の状況を打破してくれるのならアポ無しで来ても目をつむってやろう」

自嘲気味に笑うヴリトラは天を仰ぎ呟いた後、仕事に戻るのでした。

数日後、場面はアザミ王国の城内応接室。
そこにはロイドとマリーがソファに腰をかけ誰かが来るのを待っていました
一応、一応この国の王女であるマリーは実家に呼び出されたようなものなので全く緊張しておらず、備え付けのお茶請けをむさぼっています。おっとこの動き、お菓子の追加を要求しようか悩んでいる感じですね。

一方ロイド、コンロンの村出身というハイスペック超人ではありますが全く自覚なしもいいところ。自分を弱いと思い込んでいる少年です。

そして彼の現在の立場は士官候補生……アザミ軍においては末端も末端、お城への急な呼び出しに緊張するのも無理ありません。この二人、足して二で割ったらちょうどいいのかもしれませんね。

「ぼ、僕なにかやらかしちゃったんでしょうか」

「なーんにも心配することないんじゃない？　ほら、お茶でも飲んで落ち着いて」

素直にンクンクとカップ一杯のお茶を飲み干すロイド。子供のように素直な彼を見てマリーは思わず「可愛い」なんて思ってしまうのでした。

そんなロイドは落ち着き払っている彼女に感心します。

「さすがマリーさんです、お城からの急な呼び出しにも全く動じないなんて。しかもまるで実家にいるような雰囲気まで醸《かも》し出して……」

「ま、まぁねぇ」

実際実家ですからね。

「あぁそうか。マリーさんのお母さん、リンコさんが王様と再婚するかもしれないんでしたっ

け？　そうなったらマリーさんのことも王女様って呼ばないと」

「再婚っつーかなんというか……元々王女っつーか……」

出会ってから今日までマリーのことを純正の王女様と全く信じないロイドはこんな結論を導き出していたのでした。

無自覚に王女らしくないと断定されヘコみ気味のマリーさん。

そんな微妙な空気漂う応接室にリンコとアザミの王様がそろって登場です。

「へイらっしゃい！　ロイド君なに握りましょう！」

「入ってきて早々寿司屋の大将みたいなことを言わないでください。ていうか料理できるんですか？」

マリーの疑問にアザミ王が笑いながら答えます。

「ホッホッホ、リンコの料理は絶品じゃぞ。まぁ味も形も悪い方じゃが愛があれば何とか食べられる代物じゃ」

「それ遠回しにメシマズって言っているわよね」

マリーは半眼を向け、ロイドは苦笑します。

「アハハ、空腹と愛情は最高のスパイスって言いますからね」

ちなみにスパイスって傷んだ食材をごまかして食べられるようにするための「矯臭」作用が求められて世に広まっていったとも言われているんですよ。これ豆知識です。

「お湯さえ沸かせれば生きていけるもん、それが私のポリシーだもん」

子供みたいに抗議するリンコをアザミ王が制止して本題に入ります。

「料理談義はそこまでにして、本題に入ろうかの」

ロイドは「本題じゃなかったんだ」とキョトンとしていました。

「そうなんですか？　てっきりお湯しか沸かせないリンコさんにスパルタ料理特訓をして欲しいのかと……だったら僕がお城に呼び出されたのも納得なのですが」

マリーがうんうん頷きます。

「それなら大納得よね。性根を叩き直すレベルのスパルタでお願いしたいわ」

「ヘイ我が娘、聞いた話じゃ料理の腕は私と同レベル……いや、それ以下のハズ」

「私はお湯沸かしてお茶くらい淹《い》れられます～お酒のおつまみだって作れます～」

「マリーちゃん、缶詰のフタを開けることは料理とは言わないんだぜい」

「え？　そうなのお母様？」

「うん、私もつい最近知った」

低い次元での争いに王様も困り顔です。

「ホッホ……それに関しては近いうちにマジでお願いするとして」

マジの部分が若干シリアスめいていましたが、ようやく本題に入る模様です。

「ロイド君、今度プロフェン王国で各国の偉い人を集めた世界的会議があるんじゃよ」

「偉い人ってサーデン王やアンズ様とかですね」

各国の要人と顔見知りであるロイドをリンコがはやし立てます。

「そうそう、君のマブダチだよ。よっ！　人脈王！」

「王だなんて……本物の王様がいる前ですよ」

頬を掻いて困るロイドにマリーが助け船を出します。

「お母様、ロイド君を茶化して困らせるために呼んだんですか？」

「ん〜、あながち間違いじゃないんだな、これが」

「うぇ？」

素っ頓狂な声を上げるロイド。王様はかしこまるとロイドにある提案をしました。

「ロイド君、ワシの代わりに……アザミ王の代理として会議に出てはくれまいか？」

「え？　えぇ!?」

驚くロイドの声が応接室に響きました、マリーも一緒になって驚きます。

「どうしてですか？　お体の具合でもよろしくないとか？」

「いやいや、体調のせいではないのだよ」

リンコが王様の代わりにロイドにその訳を伝えます。

「ロイド君も覚えているでしょ、先日のジクロック監獄での一件」

「あ、ハイ。精神修養の自己啓発セミナーと偽って入会料をだまし取り受講者を監獄へ送り出していた悪徳業者の件ですね」

「うん、微妙に全部違うけどまぁいいか」

リンコは一から説明することを放棄して話を進めようとしました。

ここで皆様にご説明します。イブはジクロック監獄という場所で囚人を利用し非人道的な人体実験を繰り返していたのです。

たまたま潜入調査をする予定の男ガストンとロイドが何故か入れ替わってしまい、ロイドはずーっと自己啓発セミナーと勘違いしたまま監獄生活を送り「自己啓発セミナーじゃなかったんですか？　なんて悪徳業者！　許せません！」と憤り人体実験の事実を知らないまま無自覚に監獄長をぶちのめした過去があります。

「え？　違っていました？　悪徳業者ですよね？」

「うんまぁ……悪徳に間違いないからいいか」

悪党業者扱いされている因縁浅からぬイブに笑いを堪《こら》えるリンコ。ロイドにしてみたら世紀の大悪党イブも形無しですね。

「フフフ……その悪徳業者の主犯格が実はプロフェン王国だったのよ」

「あ、悪徳業者の後ろ盾《だて》はプロフェン王国だったんですか⁉　国ぐるみの組織的犯行⁉」

アザミの王様は悪徳業者と勘違いしているのを受け入れながら話を進めます。

「その件然《しか》り、実は先のジオウ帝国も裏で糸を引いていたのがあのプロフェン王国だったようじゃ。今回の会議ではそのことを問いただし、詳《つまび》らかにするためなのじゃ」

「そ、そんな大変なこと……なおのこと何故ロイド君なんですか？」

「大国プロフェンでの会議……敵陣に赴くということは危険と隣り合わせ。ゆえの代理といったところじゃな」

「確かに敵地に赴くのに代理を立てるのは理解できますが……だからって僕ですか？」

「うむ、ジクロックの現場に居合わせた人間としてプロフェン国王イブの悪事を追及して欲しいのじゃ。それに君のようなまっすぐな性格の人間をイブ様は苦手としておるからのう」

一瞬納得しかけたロイドですがやはり荷が重いと抗議します。

「やっぱり僕に王様の代理なんて荷が重すぎですよ、ましてや悪事の追及なんて務まるわけがありません」

そんなロイドを……というよりマリーを懐柔する方向でリンコは動きます。

「まぁ今後ロイド君が王様になった時の予行練習も兼ねているんだけどねっ！」

サムズアップしてロイドと肩を組むリンコ。

「あ、いや……その件は……」

丁重にお断りしたはず――ロイドがそう言おうとした瞬間マリーが食い気味でリンコと反対側の肩を組んできます。

「荷が重いとかそんなの関係ねぇ！　代理っちまいなよ！」

「なんでそんな乗り気なんですか⁉　マリーさん！」

ロイドが王様になる＝めでたく王女である自分と結婚……実にわかりやすい下心ですね。

「なんでここまで……ハッ！」

そこでロイドはこう考えました。

（この国を陰で救っている英雄マリーは悪党が許せず猛っているんだ）

猛っていることに変わりはありませんが正義感ではなくエロ方面ですが……とまぁ勘違いと状況が合致してしまい勝手に納得してしまうのでした。

リンコは朗《ほが》らかな笑顔でマリーの背中を押します。

「もちろん当日は王女としてこの子も同行してもらうけど」

「そう、王女として！」

背中を押されたマリーの顔も朗らかでした。

そしてロイドも朗らかに答えます。

「わかりました！　つまり影武者ですね！　マリーさんも『王女様の影武者として』同行するなら心強いです！　この国を陰で救ったマリーさんがメインで僕はおまけみたいなものですよね！　だったら全然平気です！」

曇りなき笑顔、純真な心って時に鋭利な刃物になるんですよね。この期に及んでマリーは王女ではないを貫き通す姿勢にマリーはその鋭利な刃物で腹を刺されたイメージ映像が脳裏をよぎりました。

「……ぐっはぁ」

うつろな目で「ご本人なんですけど」と訴えるマリーさん。目で訴える前に普段の生活態度で訴えた方が近道ですよ。そう、せめてゴミをゴミ箱に捨てるとか……

「あの、ロイド君……私王女なんだけど」

「さっすがマリーさん、もう役作りですか！」

魂の抜けるマリー。王様もリンコもこの様式美に笑いを堪えるのに必死です。

「プークスクス」

あ、リンコは笑いを堪えきれてませんね。「ちょっとお母さま」と憤るマリーをよそにリンコはロイドの勘違いに乗っかります。

「影武者マリーちゃんがいれば百人力でしょ？」

「はい、百人力です！　マリーさんの身の回りは任せてください！」

屈託《くったく》のない笑顔で頼られたマリーは魂が戻りまんざらでもない顔に戻りました。ちょろいっすね。

「のぉ、リンコや……いいの？　この流れで？」

娘の胸中を想《おも》い苦言を呈《てい》そうとする王様。

リンコは「いいじゃない」と肩をすくめました。

「このミラクルっぷりが彼の良いところであり、あのイブに対して何かしてくれるかもって期待が持てるところじゃない、ルー君」

半笑いで耳打ちするリンコ。喜んだり落ち込んだり忙しいマリー。そして「頑張ります」とやる気満々のロイド……王様は苦笑気味です。

「娘には悪いが、確かにここまでずーっと勘違いしたり予想外のことをしてくれると色々期待が持てるわい」

「ゲームで例えるなら味方にも敵にも思い通りに行かない強キャラ……控えめに言ってサイコーじゃない」

そしてリンコは視線をマリーの方に戻すと小声で忠告します。

「私が言うのもなんだけど、もちっと王女様……いえ、女性らしさを身に付けるべきね」

王様も我が子を哀《あわ》れむ目で見やります。

「今度ガッツリとマナー講習でも受けさせようかのぉ」

「それがいいかも、下手したら女の子としても見てもらっていない可能性が――極めて大よね」

リンコの芯《しん》を食った発言にマリーは「それは言わないで」と涙目で訴えるのでした。

「お互い頑張りましょう！　王様の代理と王女様の影武者として！」

張り切るロイドの声が朗らかに応接室にこだましマリーは影武者と聞くたびに心折れるのでした。

場面変わってコンロンの村。

大陸の最果てにあるこの地は、魔王も現れドラゴンにトレントといった数々の高レベルモンスターに遭遇することは日常茶飯事。村人たちは大人も子供もご老人もモンスターは動物の類、魔王がモンスターというズレた感覚の持ち主だらけのとんでもない僻地《へきち》であります。

その最奥にひっそりとそびえるは「最果ての牢獄《ラストダンジョン》」。

数々の魔王が封印されており復活するたびにコンロンの村人が害獣感覚で駆逐……そうやって世界の平和は保たれてきたのです。もちろん村人全員無自覚……村長であるアルカを除いてですが。

そのアルカがコンロン村のとある一軒家で魔王の成り立ちについて語っていました。

「魔王とは別世界から来たワシの同僚じゃ。つまりワシも異邦人の類じゃ」

白いローブに黒髪ツインテールのちんちくりん幼女でコンロンの村長であるアルカは神妙な顔で語っています。

それを聞いているのは色黒で端正な顔立ちの青年、ロイドの兄貴分であるショウマ。

畑仕事に従事しすっかり小麦色の肌が馴染《なじ》んだ元アザミ軍大佐、現アザミ軍農業特別顧問兼コンロンの農民、そして自称農業の伝道師メルトファン。

そして筋骨隆々、筋肉の凹凸をアピールするため欠かさずタンニング……日焼けをしている肌を惜しげもなく露《あら》わにしている四十代の男……真の筋肉とは畑仕事で培《つちか》われると悟りメルトファンに弟子入りしたアスコルビン自治領の拳《こぶし》一族が長、タイガー・ネキサムです。

濃ゆい面々に囲まれる幼女……傍目《はため》からは完全に事案ですね、特にネキサム。

「人間じゃないとは思っていたけどさぁ、改めて言われるとリアクションに困るね」

困ると言いつつあっさり受け入れるショウマ、その態度にアルカは不服のようです。

「これショウマ、そこは受け入れつつも『マジっすか⁉』とオーバー気味にリアクションをとるのがお約束と言うものじゃろて。ロイドじゃったら『そうだったんですか⁉』と絶対期待に応《こた》えてくれていたぞい」

「不老不死とか数々の横暴とか目の前で見せられていたら、さすがに魔王だってのも受け入れるさ。他の村人だってそうさ、ロイド以外はね」

「うむ、ロイドは何でも新鮮にリアクションするからのう」

「そこが可愛いんだよなぁ」

「じゃな」

最後は「ロイド可愛い」に収束する会話。二人ともロイドバカなので……ご容赦《ようしゃ》ください。

カミングアウトしたアルカにショウマは色々気になることを確認しました。

「じゃあさ、ユーグ博士も魔王だったたってこと?」

「うむ、その通り。あやつはドワーフの魔王じゃ」

「だとしたら魔王ってのは随分強さにムラがあるんだね。道具とか開発する頭脳方面のベクトルには振り切っていたけどさ」

メルトファンも流れで身近にいる魔王について尋ねます。

「サタン殿も魔王ですが……あの方も同僚だったのですか？」

アルカは昔を思い出し苦笑混じりで答えます。

「さよう……一年先輩の研究者で環境問題を憂《うれ》いて研究プロジェクトに志願した男じゃ」

「ヌハハ、先輩の割には随分ぞんざいな扱いをしていたと記憶しておりますぞ」

アルカはちょっぴりうんざりした顔で当時のサタンについて語り出します。

「あやつは典型的な『勉強はできるけど仕事ができないタイプ』じゃったからな。しかもモテたいという浅い理由でご大層な名目を掲げてプロジェクトに参加……仕事で上手くいかず怒られて誉《ほ》められたくて夜のお店に通い朝帰りして結局また怒られての繰り返しじゃったからのう」

「ずいぶん仕上がったダメ人間だったんだね、村長や博士にいじられ倒されていたのも頷けるや」

納得するショウマにアルカはフォローするように苦笑したままサタンについて語ります。

「いまいち自信のない奴じゃったが……自分より自信のないロイドを見て思うところあったのか省みることができたようじゃ……異世界行ってから本気出すなんてどこのラノベじゃ」

「教師が似合う性格なのでしょうね、あの人は。生徒に寄り添えるタイプだからロイド君も懐いている」

「ヌハハ、名トレーナーが名選手だったとは限りませんからな」

アルカは話が横道に逸れたと気付き本題に戻そうとします。

「強さのムラに関してはユーグがある見解を示しておった。ロマンチスト……能天気にご大層な夢を抱く人間は魔力が大きく、逆にリアリスト……悲観的で現実主義な人間は魔力が低いとか言っておったな。魔王も例外ではないとか」

ショウマは大納得と頷きます。

「なるほどね、百歳オーバーのくせにロイドとどうこうなろうとか思っているもん。そんな無謀な夢を抱いていたら強いに決まってる」

そう言われたアルカ、いつもだったらキレてショウマに突っかかる流れですが今日は憂いを帯びた表情をしておりました。

「否定せん、無謀な夢を抱き続けていたのは事実じゃ」

そしてアルカはベッドに横たわっている白髪の老人の方を見やりました。

怪人ソウ。アルカのルーン文字によって生まれた英雄で消えることのできなかった彼はロイドに英雄を託し悪役として殺され消えることを望み……そこをイブに利用された哀れな男。

生きているのか死んでいるのかわからない、息をしているのかも定かではない彼を見てアルカは何とも悲しい顔をします。

「あのころワシが抱いていたのは『死んだ人間をこの世に蘇《よみがえ》らせる』こと。ルーン文字でソウを創ったのはそのための習作みたいなもんじゃった」

「それは随分と熱い夢を抱いていたんだね……そのためにソウの旦那は苦しんでいた……」

「反省しておる、その責任から逃れるつもりはない」

アルカは一息つくと過去のことを話し出します。

「ワシが大昔イブに協力しておったのはルーン文字で死んだ弟を生き返らせるためじゃった」

「なんと……しかしルーン文字はそんなこともできるのですか?」

ネキサムも筋肉ボケ無しの素で返します。

アルカは首をゆっくり横に振りました。

「厳密には一から人間を創造するというあまりにも馬鹿《ばか》げた計画じゃった。同じ容姿、同じ記憶を持った新しい人間……ルーン文字にはその可能性があった。イブはルーン文字の力で自らの病を治療し、隕石や自然現象を意のままに操り向こうの世界を掌握しようとしてたくらいじゃ」

何でもできるルーン文字の力の説明にメルトファンは疑問を呈します。

「一から人間をですか……しかしそれは本当に弟さんを蘇らせたことになりますか?」

メルトファンの鋭い問いにアルカは図星を突かれたようです。懺悔《ざんげ》するように思いの丈を吐露します。

「ソウを創って気がつかされた、無から創った人間はたとえ容姿も記憶も全て同じでも別の人間でしかない」

「でしょうね、色艶《いろつや》や形が同じ大根でも微妙に味が違うときがありますから」

大根に例えられたアルカ。「この場でも農業?」と一周回って感心したのち、気を取り直します。

「コホン、しかもルーン文字の特性上周囲のイメージで魔力が象《かたど》られるがそれは周囲のイメージで容易に見え方が変化してしまう……その不安定さからソウは『英雄』の役目を終えても消えることができず、ワシも情が移り消せなかった結果、よりいっそうヤツを不幸にしてしまった」

ショウマはその「不幸」という部分に異を唱えます。机に身を乗り出しアルカに肉薄する勢いです。

「ソウの旦那は英雄というルーン文字の設定に振り回された、人間の形をした空っぽの器だったかもしれない……でもその器は運命に対抗するうちにいろんな物で満たされていったんだ。俺《おれ》に出会い一緒にロイドを英雄にしようと活動するうちに旦那もロイドのことを好きになって、目的を共にする親友になれたんだよ」

「ヌハハ、同じアイドルを好きになる同志と言った間柄ですかな?」

身も蓋《ふた》もない例えですがショウマはその通りと認めます。

「そそ、同担ってやつ? というわけでさ、最後はソウの旦那そこまで不幸じゃなかったと思うよ」

「そんな風に言われると幾ばくか心が晴れるわい」

自分の悪行を懺悔したつもりのアルカは晴れ晴れとした表情に戻りました。

「これがワシとイブの因縁じゃ。向こうの世界の都合でこっちに魔王として転生し数々の被害を与えてしまったことを深くわびる……そしてこの不始末はワシら向こうの世界の人間が必ずつける」

そこまで話をしたところでショウマがふと気になることを尋ねました。

「でもさ、さっき言っていたロマンチストの理論からいくとイブさんも相当強いはずだよね」

「ヌハハ、確かに不老不死にルーン文字の力を独り占めして異世界を掌握しようとしているなんてアルカ村長より大それたことを考えておられますな」

アルカもその疑問があったのか大きく頷きます。

「そこなんじゃ、ワシもイブの魔力の弱さや身体能力の低さが気になっておってのぉ」

「ソウの旦那をハメようとしたくらいさ、力を隠している可能性もあるよね。俺も普段面倒事を起こさないよう力を押さえ込んでいるし」

ショウマの意見にアルカは待ったをかけます。

「なかなか目の付け所はいいが、実際イブと会ったことがあるんじゃがそんな感じはなかったわい。それにワシ並の力があるのならこんな回りくどいことはせんと思うがの。深慮遠謀を張り巡らせるのを好むタイプじゃが勝てるときは躊躇《ちゅうちょ》無く蹂躙《じゅうりん》する柔軟さも併せ持っておる」

そこまで言ったアルカは喋りすぎて疲れたのか一息入れます。

「ふむ……まぁロマンチスト理論自体、プライドの高いユーグが『ボクはリアリストだから』とカッコつけて魔力が低い言い訳にしとった可能性もある。イブが三味線《しゃみせん》を弾《ひ》いている可能性もあるし油断はせん方がいいじゃろて」

「ヌハハ、油断させようとしているか……それとも本来の力を出せない理由でもあるということですかな？　加圧トレーニング中にいつもの重量を扱えないような何かが」

ネキサムが筋肉ネタを会話に絡《から》め脱ぎ出しましたが、アルカはスルーして会話を続けます。

もう彼女もこの筋肉達磨《だるま》の扱いに慣れてきたようですね。

「ワシが向こうの世界で最後に彼女を見たときはすでに死んでおったハズ……そこに原因を紐《ひも》解く何かがあるやもしれんな」

ネキサムは「なるほど」と頷いたあと冗談混じりで言葉を続けます。

「ウヌヌ、死んでいたならもしかしたら幽霊なのかも知れませぬぞ！　そんでもって何者かの体を乗っ取ってこの世界に現れたとか！」

ショウマは「ナイスジョーク」と笑ってみせました。

「面白いねネキサムさん、熱いジョークだ」

「ホットなジョークにホットパンツの似合う尻！　それが我が輩《わはい》タイガー☆ネキサムですぞ！」

調子に乗る四十代に兄貴分であるメルトファンが窘《たしな》めます。

「荒唐無稽がすぎるぞネキサム。ですよねアルカ村長」

メルトファンにそう言われたアルカですが腕を組み何やら深く考え込んでいるのでした。

「……」

「あの、村長」

再度呼びかけられアルカは目をパチクリさせます、よっぽど考え込んでいたのでしょう。

「あぁすまん。いやな、ちょっと考え込んでおったのじゃ……乗っ取ったという話、あながち間違いではないのかもしれん」

「と、言いますと何か心当たりでも？」

メルトファンの問いかけにアルカは「覚えとらんか？」と彼を見やります。

「ほれいたじゃろ、人間に憑依するのに長《た》けておる魔王、お主が苦戦したあのアバドンじゃ。アザミ王の体を乗っ取り悪事を働いておったあの魔王じゃ」

「はい……忘れはしませんとも……」

苦い顔をするメルトファン。遠因が自分にあるショウマは申し訳なさそうにしています。

「あの力はてっきりアバドンのみの特殊能力かと思っておった、魂だけ蘇ることにより通常の魔王より復活のスパンを短くできるがその分弱い……そんな能力かと」

「でも、違うと？」

「ヴリトラがソウに肉体を滅ぼされたとき呪いのベルトに意識を憑依させたことを思い出し『もしや』と思ったのじゃが……憑依能力は魔王にとっての標準能力かもしれん、ワシはやろうとしたことないからわからぬが」

「それは興味深いね、でも弱くなるんでしょ？　わざわざそんなことをする？」

「偶然だったのかもしれん。あの日イブ……エヴァ大統領は心肺停止状態、後は脳死を待つのみ、その状態でワシらは異世界に転生することを余儀なくされた。イブは元々実体を持たない魔王なのかもしれん」

「だとしたら今彼女は誰に憑依しているのでしょうか」

「向こうの世界でそばにいたかもしれん人物の可能性もある……たしかにあの子はまだ見つかっていない……おっといかん」

再び考え込んでしまったアルカは三人に用件を伝えようとします。

「イブの謎《なぞ》はひとまず置いておいてじゃ。お主らを呼んだのはそのことを話すためだけではない」

「と言いますと？」

「リンコ所長から聞いた話じゃが今度プロフェン王国にてイブの悪行を糾弾する会議が行われるそうじゃ」

ショウマはヒュウと口笛を鳴らします。

「敵のど真ん中じゃないか、ずいぶん思い切った熱い決断をしたもんだね」

「各国首脳陣による世界会議という名の申し開きですか」

「ヌハハハ、敵陣で悪行三昧のご開帳。テンションもヒップも上がりますな！」

オリバーポーズで上半身を開くネキサムを皆スルーします。

「そこでじゃ、アザミ王の代理としてロイドがプロフェン王国に向かうことになったのじゃが……」

その言葉を聞いたとたんショウマはガタンと立ち上がります。

「王様の代理だって⁉　熱いじゃないか‼　是非とも録画して永久保存版として末代まで伝えなきゃ！　ソウの旦那も喜ぶね！」

「これ、落ち着かんかショウマ」

「あれかい？　ちゃんと録画して欲しいから俺を呼んだのかな？」

「それもある」

即答するアルカにメルトファンとネキサムも一周回って感心します。

「あるんですか」

「ヌハハ……」

ロイドに関して一切の妥協なし、さすがアルカといったところでしょうか。

「敵の本拠地、相手はイブ……何を仕掛けてくるか見当がつかん、一切気が抜けんのは事実……というわけでヌシらに一つ頼みたいことがあってのぉ」

メルトファンは姿勢を正し畏《かしこ》まります。

「アザミのため、この世界のため、そして何より愛すべき農業のため喜んで引き受けましょう！」

もう世界より農業なんですねこの人。

「ヌハハ、この世界のため、何より筋肉を見せびらかすため、一肌でも二肌でも脱ぎますぞ」

目的がちょっと違う人がいますね。しかもほぼ全裸にリーチがかかっているのに二肌は危険でしょう。

「熱いね！　ハンディキャメラならまかせろ！」

一人業者みたいな人がいますね。

こめかみを押さえるアルカにショウマが早速キャメラを手入れしながら尋ねます。

「あれ？　ところで村長は来ないの？　熱いシーン目白押しだと思うんだけどなぁ」

「行きたいのは山々なんじゃがな」

アルカはチラリと眠っているソウの方に視線を送りました。

「隙《すき》を見てイブがソウにちょっかいを出さないとも限らないからのぉ。ワシはコンロンをきゃつの目的でもある『最果ての牢獄』を守らねばならんからな」

死んだように寝ている彼を見てメルトファンがアルカに尋ねます。

「村の人たちも心配しておりますが、いつ目覚めるのでしょうか」

アルカはソウの顔を見やると医者のように彼の容体について語ります。

「いつかはわからん、明日やも知れんし数年後かも知れん。すべてはこやつの心持次第じゃて」

「ヌゥ、世界の危機が間近に迫っているならば近いうちに目覚めるでしょうな」

ネキサムの言葉に反応したのはショウマです。

「逆に俺は寝ていて欲しいね。もう英雄とか英雄でないとかソウの旦那には悩んで欲しくないんだ」

「うむ、ソウが人の望んだ英雄ではなく、一人の人間として自分の生きる意味を見出した時おのずと目覚めるじゃろうて。それまでワシはこやつを見守る、それが創った者の責任じゃ」

しおらしくなるアルカにたまらなくなったのか、ショウマはやや大げさに明るく振る舞います。

「オッケーオッケー、んじゃ留守番は任せたよ、こっちは生ロイドを堪能《たんのう》してくるからさ」

「たわけ！　遊びに行くのではないのだぞ！　潜入任務じゃ潜入任務！　いいからお主ら耳を貸せ――」

耳を寄せ合う三人と作戦を伝えるアルカ。

彼らは気がつきませんでした、「生ロイド」という単語に眠っているソウの耳がピクリと動いたことには。

第一章

たとえば一番会いたくない人間とばったり会ってしまった時のような取り乱しよう

アザミ王国北商業街道。

ここはプロフェン王国へと続く一番大きい商業街道です。

往来しやすいようにしっかりと舗装《ほそう》された道で、いくつもの馬屋や茶屋といった休憩処に野菜即売所のような商店が目に見える範囲に点在しておりまるで長い長い商店街のようなイメージです。

たくさんの野菜を積んだ輸送馬車に観光客を乗せた遊覧馬車、国境警備の人間も同じくらい街道を往復しており一仕事を終えた傭兵《ようへい》がボロボロになりながら町に帰る姿も散見され、行き交う人々は実にバラエティに富んでいます。

そんな街道を一際《ひときわ》物々しく、一際豪華な馬車が何台も連なりプロフェン王国の方へと向かっていきます。まるで大名行列を彷彿《ほうふつ》とさせる物々しさですが、あながち間違っていないでしょう。

これはアザミ王国の王族専用の馬車。

屈強さと優雅さを兼ね備えた葦毛《あしげ》の馬に引かれるその馬車内ではロイドとマリーが座っていました。

ロイドの服装はいつもと違い、麻のシャツでも軍服でもなく王様のような豪華な衣装でした。金糸の装飾があちらこちらに施され艶《つや》やかな色合いに高貴さを醸《かも》し出すサッシュ、毛布代わりにもなりそうな丈夫なマントを羽織り……着ていると言うより服に着られているという印象は拭《ぬぐ》えませんね。

彼の前に座っているマリーは「一応」&「とりあえず」本物の王女。らしいドレスの着こなしこそ立派なもんですがコスプレ感を醸し出されているのはぐうたらな性根が隠しきれないくらいにじみ出ているからでしょうね。

そんな二人は――

「「……」」

知らない人同士で乗り合わせたのかと見間違うくらい無言でした。なぜ無言なのでしょう、直前に喧嘩《けんか》でもしたのでしょうか。

その原因は彼らの横に座っているメンバーにありました。

「「「……」」」

セレン、リホ、フィロの三人が目でマリーを牽制《けんせい》しているからです。

「あの……お三方」

マリーがか細い声で話しかけると三人は一斉に腰を浮かせます。

「マリーさん、発言は挙手してからでお願いします」

「急に発言しないでくれ、斬るところだったじゃねーか」

「……キルユー」

理不尽な制約にマリーはたまらず声を荒らげます。

「ちょっと何よこの扱いは！　この馬車護送車だったの⁉　あとフィロちゃんドサクサに紛れて殺すとか言ってない⁉」

「まぁある意味、死刑やむなしな重罪犯ですし」

セレンはベテラン刑事張りの鋭い眼光でマリーを睨《にら》みます。

「王族の権力で疑似的とはいえ夫婦を演出……罪状は『マジユルセヌ罪』ですわ」

血の涙を流しながら謎《なぞ》の罪状を言い渡すセレン。そんな彼女にハンケチを手渡しながらフィロが蔑《さげす》んだ目を向けます。

「……わっぱかけないだけありがたく思え」

初耳罪状の現行犯扱いにマリーは声を荒らげて反論します。

「警備に志願してくれたのは私たちの身を守るためでしょ⁉　命の危険を感じてるんですけど！」

そうです、この三人は王様がロイドとマリーを疑似的夫婦に仕立て外堀を埋め始めているという臭いを嗅《か》ぎ取りあの手この手を駆使して臨時の近衛兵に志願したのでした。

「命あるだけマシと思ってくれやマリーさん。まぁ会議が終わったらきっちりケジメつけてもらうからよぉ」

リホに至っては近衛兵というよりVシネマに出てきそうなキャラになっています。

「外堀とかじゃなく、これはアザミ王国のために一肌脱いだだけよ」

「……自分から一肌脱ぐって言う輩にロクなヤツはいない」

「それ多分ネキサムさんのことよね、一緒にしないで欲しいんだけど」

嫌悪感を示すフィロ、何かと因縁のあるタイガー☆ネキサムが理由を付けて脱ぎ出すので「一肌脱ぐ」という発言に敏感になってしまった模様です。

「本来の場所に戻らないでぐうたらやっている人が国のためなんて信用できませんわ」

「アタシが裁判員だったら、今の発言で証拠の有無に関わらずアンタを有罪にしているぜ」

ちょっと罪悪感のあるマリーの頬《ほお》に一筋の汗が流れました。

その汗を自称「愛の伝道師」セレンは見逃しませんでした。

「今流れた汗が不本意の振りをして下心に身をゆだねている証拠ですわ！　ですよねヴリトラさん？」

セレンは腰元に装備した呪《のろ》いのベルトに同意を求めました。

呪いのベルト……セレンが幼少期に誤って装備してしまい以来十年近く頭から外れず「呪いのベルト姫」と忌《い》み嫌われた原因のアーティファクト。

今現在ロイドのおかげで呪いは解かれ彼女の武器であり象徴とも言えるこのベルトには聖獣

「ヴリトラ」の魂が宿っているハズなのですが……

しかし冒頭の通りヴリトラ――イシクラの魂はイブの手に落ちているため都合のいい同意を求められてもウンともスンとも答えるわけがないのでした。

そんなベルトを見てセレンは怪訝《けげん》な顔になります。

「うーん、全く返事がありませんわ」

リホとフィロも不思議そうにベルトをのぞき込みました。

「なんだよ、ジクロック監獄の時からずっと黙《だんま》りか？」

「……怒《おこ》なの？」

セレンは心当たりがないと頬を掻《か》いています。

「ちょっと便利なヒモ扱いしたくらいでここまで黙ってしまうことなど無かったのですが……アルカ村長曰《いわ》く憑依《ひょうい》が長すぎて意識が薄れているのかもと仰《おつしや》っていましたわ」

「だったらリンコさんに対処法を聞いた方がいいんじゃないか？　あの人の方が詳しそうだしよ」

「……アルカ村長よりだいぶマシ、マリーさんアポよろしく」

「はいはい、今度伝えておくわ」

そんな呪いのベルトの話でワイワイやっている女性陣。その喧噪《けんそう》の中ロイドはずっと馬車の外を眺めていました。

「……師匠、どした？」

フィロに話しかけられてロイドはようやく視線を中へと向けました。

「っと、すいませんでした。何のお話ですか」

まったく聞いていなかったロイドをフィロが心配します。

「……緊張してる？」

「えっと、まぁ緊張はしていますね。アハハ」

どことなくごまかす感じのロイドにフィロは小首を傾《かし》げます。

そんな機微も意に介さないことでおなじみのセレンはロイドの背中をさすります。

「きっと馬車で酔ってしまわれたのですね、今お背中をさすりますわ」

絶対に背中では止まらないであろう愛の伝道師（笑）をリホはすぐさま制止します。

「さすりすぎて火ぃおこしそうだからやめてくれ。で、本当にどうしたロイド、マントが苦しいのか？　王様なんてなるもんじゃねーよなぁ」

暗に王様にならないよう誘導するリホ、こっちもこっちでさすが小狡《こずる》いですね。

そんなロイドには優しい三人にマリーは不服と抗議します。

「私と全然違うじゃないの、扱いが！」

「アハハ、そうだったんですか？」

話を全然聞いていなかったロイドは笑ってごまかすとまた馬車の外を眺め物思いにふけり始

めるのでした。

さぁ、ロイドはいったい何を思い悩んでいるのでしょうか。王様代理で緊張もしているでしょうがどうやらそれだけじゃないようですね。

そう、出発前に王様から言われたあることが気になっているのでした。


出発の数時間前――

ロイドは王様の代理にふさわしい衣服に着替えるためお城の衣装室にいました。

「ジャストフィット」メガネクイー
実家が仕立屋である士官候補生のメガネ女子先輩パメラさんによって全身コーディネートされているロイド。ちょっとしたマネキン状態でした。

「すごいですね、ぴったりで丈直しも必要なさそうです」

感心するロイドにパメラはメガネを光らせます。

「栄軍祭でロイド君のサイズは把握済みだったからね。我ながらいい仕事をしたわ」

そう言いながらマントを羽織らせるパメラ。ロイドはその華美な装飾の施されたマントにちょっぴり恥ずかしそうにします。

「えっと、このマントは着ないとダメですか？」

「どうしたの？　どこか苦しいのかしら？　それとも刺繍が肌にこすれるとか？」

「いえ、ちょっと僕には似合わないと言いますか……」

パメラは「ふむ」と一息唸《うな》ってロイドを諭すように話し出します。

「最初は着られている感じがするかも知れないけど我慢なさいな。立場が人を作るように衣服もまた人を作るのだから」

素敵な言葉にロイドは感動します。

「あ、ハイ。勉強になります」

「コスプレとはそういうものよ」メガネクイー
この一言で台無しですね。

コスプレとは斯《か》くあるものと説法を説かれたロイドは苦笑いをするしかありませんでした。

「どうかね、ロイド君」

そこに王様がやってきました。彼は王族風の衣装に身を包んだ少年を見て目を細めます。

「おぉ、似合っているではないか。いい腕をしておるのぉ」

パメラはかしこまって謙遜《けんそん》しました。

「お褒《ほ》めに与《あずか》り光栄です」

王様は着替えが終わった頃合《ころあ》いを見計らって入ってきたようでパメラに席を外すよう促します。

「すまないがロイド君と話があるので席を外してもらえんか」

「かしこまりました、では私はこれで……ロイド君、頑張ってね」

「あ、ハイ」

「そしてコスプレに興味があったらいつでも言ってちょうだい。私とロイド君の仲、女装だろうと何だろうと遠慮はいらない。アザミ軍の広報部は君を歓迎するから」メガネクイー
「あ、ハイ……」

言いたいことを言って去っていくパメラ。王様は微笑《ほほえ》ましそうな顔をしました。

「ホッホッホ、相変わらず面白《おもしろ》い冗談を言う子じゃな」

「冗談だったらいいのですが……」

ロイドにとって彼女は隙《すき》あらば女装など際《きわ》どい姿をさせようとするので、どちらかというと苦手な部類なんですけどね。

王様はパメラが去ったのを確認してから本題に入ります。

「ロイド君、難しい仕事を依頼してしまったがアザミ王国のためよろしく頼むぞ」

頭を下げる王様にロイドは大慌《おおあわ》てです。

「あ、頭を上げてください王様っ！　一軍人として必ず任務を全《まっと》うしてみせますっ！」

王様はロイドの頼もしい言葉ににっこりと微笑みました。

「いい返事じゃ、いつでもワシの跡目を継いでくれたっていいんじゃぞ」

「いつでもって……ご冗談を」

「ホッホッホ、いつでもじゃ。教師を目指していると聞いたが、その後でも大丈夫という意味じゃ」

「えーっと……本気なんですか？」

怪訝な顔をするロイドに王様はこれ以上はプレッシャーになってしまうと思ったのでしょう、いったん話題を切り上げ別の話を始めます。

「ところでじゃ、前にも話した王女の件じゃが」

少し前に王女《マリー》がロイドのことを好きだと伝えた王様。しかしロイドは身に余るとマリーとは知らず扉越しに告白をお断りした経緯があります。

その件についてだとロイドは頷《うなず》きます。

「あ、はい『本物の王女様』の件ですね。覚えています」

あ、やっぱりマリーは王女だと思われていないんだと察した王様、あえてマリーと明言せずぼかしてロイドに伝えます。

「今回、本物の王女が同行する」

「ほ、本物の王女様がですか⁉」

王様は唸ると話を続けます。

「うむ、王女はこの国を憂《うれ》いておる。あの子はいい子じゃよ……しかし憂うあまり、時折無鉄砲で考え無しな行動に出てしまうこともしばしば」

「無鉄砲、ですか」

「さよう。ワシが魔王に憑依されていた時もかなり無茶をしていたようじゃ。父親として嬉《うれ》しい反面心配でのぉ」

「そうだったんですか」

「今回のプロフェン王国の一件もアザミの危機……一人突っ走ってしまわないか正直心配でな……」

どうやら王様はマリー＝王女だとあえて明言しないことによってロイドに想像の余地を残して察してもらいたいという作戦なのでしょう。あえて迂遠《うえん》な行動に出た王様、押してダメなら引いてみろの心境なのでしょう……ていうかここまでしないと気がついてもらえないと思われているあたりロイドだけでなくマリーさんサイドにも問題がありますよね。

王様はロイドの肩に手を置き微笑みます。

「いざというときは君が頼りじゃ。娘のこと、よろしく頼むよ」

「わ、わかりました！　この身に代えてもお守りします！」

力強く敬礼したロイドは衣装室を後にしました。そんな彼の背中を見送った後、王様は窓の外を眺めます。

「さぁ、あとは国のため突っ走るだけじゃよマリア、きっとロイド君は気がついてくれる」

※ネタバレ。確かにマリーさんは突っ走りますがそれは国とは無関係だったりします。

――はい、回想終わり。

というわけで王様に頼まれたロイドはどこかで同行している王女様の身を案じているのでした。隣に本物がいるとは欠片《かけら》も思わずに。

マリー＝王女と考えれば全てが腑《ふ》に落ち納得できるはずなのですが……ものぐさマリーが王女と思えないロイドは今日も難しく考えて明後日《あさって》の方向に思い違いをしているみたいです。

（王女様はどこにいるんだろう、別の馬車にいるんだろうな……確かに影武者のマリーさんと一緒にはいられないか）

隣にいるのに。

（でもどうして一言も挨拶《あいさつ》してくれないんだろうか……マリーさんも影武者として命を張るから出発前でもこっそり挨拶してもいいものなのに……っとそうか！）

そこでロイドは気がつきました……はい、というよりいつもの斜め上の勘違いタイムです。

（まずマリーさんのお母さんであるリンコさんは王様の再婚相手でしょ）

まずそこから間違っているのですが……まぁぱっと見若いリンコは後妻と思ってしまってもしょうがありませんね。

（つまりマリーさんは王女様にとって再婚相手の連れ子ってことになる……）

あぁついにそう勘違いするようになりましたか。

さらにロイドは勘違いに拍車がかかってきます。

(しかもその連れ子が自分の影武者になるんだもん……色々バツが悪いのか顔を合わせにくいのか、僕なんかじゃ想像がつかない複雑な何かがあるんだろうな)

家庭の事情、しかも王族ということもあって大変なんだろうなと勝手に同情するロイド。ここまでヒントがあっても自分が王女とわかってもらえないとマリーが知ったら涙枯れるまで泣くでしょうね。

かくしてロイドは未《いま》だ見ぬ(笑)王女様に同情しながら馬車に揺られ続けるのでした。

そして途中休憩を挟み街道を馬車に揺られること数時間。

一行は大陸中央に建国されたプロフェン王国へとたどり着きました。

「あれが大国プロフェン……大きな壁に囲まれた首都ですね」

ロイドがそう口にするのも無理はありません。まず目に飛び込んでくるは大きくそびえる城下町の壁と監視塔。国一つが大きな建造物であるかのような錯覚にとらわれる異様な光景でした。

大国プロフェン。大陸中央、二本の運河が交わる場所を中心に建国されたその国は内陸の貿易が盛んな地域です。

川が運んでくれる栄養で大地も肥沃。そこで栄えた豪農や豪商などを厚遇し「地方貴族」という名称で呼ぶのもプロフェンが始めたことです。

さらには山賊や陸に上がった海賊などといった面々も手厚く迎え入れ、彼らにも地方貴族という地位を与えプロフェン周辺での開拓や王国の警備を託したり……そんな荒技をもって侵略者から国を守り大きくなっていったというわけです。

その厚遇と手腕から、上級国民と呼ばれる富裕層からイブへの信頼は厚く半ば神格化されており「彼らの前ではイブをバカにしてはいけない」のは暗黙の了解です。もはや宗教といっても過言ではないでしょう。

近年では入国者の身分証明といった国防に注力し「安心安全」「治安の良い国」を謳《うた》い文句として移住者や観光客を呼び込む努力をしている国です。

豊富な資源と荒くれ者を囲い込むという手腕で大国を築き上げる……元の世界の大統領として培《つちか》ったノウハウをふんだんに取り入れた大国といったところでしょうか。

「あれがプロフェン名物『鉄の城壁』だ。壁に開いている穴は日照の確保と強風で壁が倒れないようにするためなんだぜ」

西日に照らされて赤く染まり始めた壁を指さすリホにセレンが尋ねました。

「リホさん来たことがございますの？」

リホは「仕事で何度かな」と懐《なつ》かしむように馬車から身を乗り出して眺めます。

「プロフェン本国は入国にも出国にもすげー厳しくてよ、身分証明がいちいち大変だったぜ」

同じく傭兵をしていたことのあるフィロも頷きます。

「……身分証の発行も時間がかかるし有効な期間も決まっている……無くしたら大変だしでメンドクサかった」

「でも実入りのいい仕事が多いし競合相手も少ないしでプロフェン関係の仕事は面倒でもつい受けちまうんだよな。それこそ身分証を偽造しても」

まるで自分がやったかのようなリホの口振りですが深くは追及しない一同でした。

「ていうことは今から一人一人身分証を発行するんですの?」

「これだけの人数だと大変でしょうね、もう日も傾き始めているというのに」

一応王族のマリーは「心配ないわ」と安心させます。

「さすがに来賓《らいひん》は顔パス、信頼して通してくれるわ。いちゃもんつけたら国際問題だし……でも問題起こしたら大変だから気をつけてね」

ロイドは感心の眼差《まなざ》しを彼女に向けます。

「さすがマリーさん! 影武者としてお勉強したんですね、見習わないと!」

「あふん」

目に見えて落ち込むマリーに三人娘はニヤニヤしっぱなしです。

そうこうしているうちに要塞のような城壁の中に進むアザミ軍の馬車。

その馬車をプロフェンの軍人が笑顔で取り囲みます。

「アザミ軍の皆様申し訳ございません、人数だけ確認させてください」

窓口のプロフェン軍人は愛想《あいそ》こそいいですが目の奥は笑っていません、違反切符を切る警察官をイメージしていただければわかりやすいかも知れません。

馬車内にいる人数を確認しながらも一人一人の顔を覚えている……プロフェン王国の徹底ぶりに一同は警戒心が拭えません。

緊張感の走る馬車内でロイドが口を開きます。

「アザミ王国とはだいぶ違いますね」

「だな、貿易の要所とかお城の前とかはウチも徹底している方だけどここまで管理するのはなかなかないぜ。犯罪者が脱獄した時の警戒ぶりと同じだ」

傭兵としての経験談を語るリホ。

「アザミ王国は商売しやすいイメージを保つため観光客の入国はそこまで厳しくないけど、プロフェンは国民の安全を守るイメージを優先している感じね」

「確かにここまでしっかりしていたら悪党が乗り込んで悪さをしにくいでしょうね」

「……ストーカーであるセレンの太鼓判が出た」

「フィロさ～ん！」

フィロの軽口にセレンはポコポコ怒り、傍《かたわ》らのリホはいつものことと呆《あき》れているようです。

「確かにセレンみたいな悪党にはやりにくい国かも知れないなぁ。でもなぁ……」

リホの言葉にロイドが続きます。

「国の中枢がすでに悪党の場合がありますからね」

リホは「大当たり」と指をパチンと鳴らしました。

「最初っから悪党が牛耳ってたら徹底管理＝自分たちにとって都合の悪いことは内々に処理できる隠蔽《いんぺい》体質ってことだからな」

マリーは真剣な顔になります。

「そんな徹底した人間の国に、各国の首脳陣が集結する……王様イブの悪事を追及するために」

「……肝《きも》が据《す》わっている」

「罠《わな》盛りだくさんの可能性がありますわ。私だったらそうしますもの」

「セレン嬢、貴重な意見どーも……まぁ虎穴に入らずんばなんとやらって言うしなぁ。ロールの件も含め裏で色々やっていたツケを払ってもらおうじゃねぇか」

まるで戦場に赴くような空気が馬車内に漂います。

プロフェン軍人による検問も無事終わり、馬車を降りた一同は来賓用の庭園へと案内されます。

美しい石畳と手入れの行き届いた庭の先には見知った顔がガーデンテーブルに座ってくつろいでいました。

「サーデン！　イン！　プロフェン！　中央大国でくつろぐキング……いやぁ様になりすぎて

自分が眩《まぶ》しいよっ！」

「……げ」

ご存じロクジョウの王様サーデンと妻兼護衛のユビィです。

うるさいサーデンに対しユビィは躊躇《ためら》うことなく彼のわき腹に拳《こぶし》をめり込ませました。

「ほうあっ⁉」

「声のボリューム下げな……やぁ、久しぶり。フィロちゃんにロイド君たちも」

クールに歩いてくる彼女にフィロが駆け寄ります。

「……お母さん、あとアホダンディ」

「アッハッハ！　お父さんを国民から呼ばれている愛称で呼ぶなんて！　これも親愛の証《あかし》だねっ！　……ゴフッ⁉」

濃いめの顔の中年王様は突如前のめりになって倒れます。その後ろには小柄な糸目の少女が佇《たたず》んでいました。

「まったく、他国のど真ん中でアホをさらさないでよ」

フィロの姉でアザミ王国の魔法近衛兵のメナでした。

「……おねーちゃんも来てたんだ」

「いやっほーいフィロちゃん、呼ばれて飛び出てなんとやら！」

倒れる父サーデンを踏んづけて手を取り合う姉妹……口から呼ばれてもいない内臓が飛び出

てきそうなサーデンですがどことなく嬉しそうな顔でした。

「メナさんじゃねーか……ってそのカッコどした？」

「印象全然違うから気がつきませんでしたわ」

そうです、メナの衣装はいつものアザミの軍服でもキャスケット帽のファンシーなものでもなくドレス……それも貴族風で高貴な召し物。メナも恥ずかしいのか指摘されてもじもじしています。

「あーいや、今日はアザミ軍人ではなくロクジョウ王国の人間として来たんだ」

ちょくちょく顔を合わせてお茶する仲のマリーですがアザミ王国の王女として改めて彼女に挨拶しました。

「そだったわね、メナさんはロクジョウ王国の……最初出会ったときはこうなるとは思わなかったけど改めてよろしく」

「堅苦しくならなくていいよ～私とマリーちゃんの仲じゃない」

サーデンがいつの間にか起き上がり女の友情を前にウンウンと唸っています。

「サーデンからもよろしく頼むよ。今日はこの子に色々場数を踏んで欲しくて来てもらったんだ」

ユビィはサーデンについた土埃《つちぼこり》をはたきながら、少し意地悪なことをロイドに尋ねます。

「どうだいロイド君、ウチの娘もなかなかのもんだろ」

にっこり微笑むユビィにメナは顔を真っ赤《まか》にします。

「ちょ、お母さん⁉」

ロイドは屈託《くったく》のない笑顔でメナの容姿をべた褒めしました。ひねり無くドストレートにです。

「すっごい似合っています、素敵ですメナさん！」

「あ、あんがと」

糸目を見開き動揺を隠せないメナ。彼女のリアクションを目の当《まあ》たりにしたセレンはそれはもう獣のような眼光で睨みつけました。

「メナさーん、リアクションが乙女《おとめ》になっていますわよ……いつものようにボケていただかないとキャラ的に困りますわよぉぉぉ」

リホもメナらしからぬ態度に言及します。

「そうだぜメナさん、ボケの職務を放棄するのはいただけねぇなぁ」

リホの絡《から》みにメナは汗タラタラです。

「ボケろボケろと言われてボケるのはやりにくくて苦痛なんだよ……もぅ」

「苦痛を伴う。それが反省というものです」

フンスと鼻息の荒いセレン。前々から思っているのですが、彼女はどのポジションで意見しているのでしょうか？

そんな和気藹々《わきあいあい》としている現場に馬車が近寄ってきました。

丈夫そうな木を熱で曲げて枠に仕上げた匠《たくみ》の技が光る車体。質実剛健、実用性を重視した馬車、そこから現れたのは地方貴族代表のスレオニンでした。

「なんだ早かったではないかサーデン殿、それに久しいなロイド君……見慣れぬ服装だが壮健そうで何よりだ」

立派な髭《ひげ》をなでながらスレオニンは旧友に挨拶するかのようにロイドに近寄ります。

「いやはやスレオニン様お久しぶりです。いやぁいつ見ても立派な馬車ですな」

サーデンが大きな馬車を眺め感服しているとスレオニンはまんざらでもない顔をします。

「林業を営んでいる手前、木材にはこだわりがありましてな。それにある意味今日は晴れ舞台、気合いを入れてきたんですよ」

「晴れ舞台？」

首を傾げるロイド。そこに馬車の奥から見覚えのある顔が降りてきました……というより放り出されてきました。

「ぐげ⁉　って、ぬおぉぉロイド殿！　皆様もおそろいで！」

ゴミ収集車に放り投げられるゴミ袋のような軌道で現れたのはロイドの同級生でスレオニンの息子であるアランでした。

「あ、アランさん⁉」

「あん？　お前も来ていたのかよアラン」

リホの冷たい態度にアランは涙目で訴えます。

「昨日言ったじゃないかよ！　向こうで会おうぜって！」

セレンも冷たい態度で地に伏すアランを見ていました。

「何言っているんだろうと思っていましたが……地方貴族でしたわね、忘れていました」

「おい！　地方貴族の面《つら》汚しのベルト姫が何ぬかしやがる！　カハッカハッ」

口の中に入った土埃を吐き出す彼をフィロとメナがいじります。

「……今、面が汚れているのはアランの方」

「アハハ、何でまたダイナミックに登場したのさ」

姉妹の問いにアランは苦い顔をしました。

「こ、これはだな……ぐへぇ！」

首根っこを摑《つか》まれ強引《ごういん》に立たされるアラン、彼の背後にいるのは深紅のドレスに身を包んだアランの婚約者レンゲ・オードックでした。

「夫婦そろっての初公務だというのにいつまでも緊張で震えているからエレガントに荒療治をしたまでです」

アスコルビン自治領出身、斧《おの》の一族の長レンゲ。二本の手斧を軽々扱う腕力でアランを持ち上げ叱咤激励《しったげきれい》をしています……パッと見デカい魚を釣り上げ記念写真を撮っている釣り人の構図そっくりでした。

「れ、レンゲさん」

「皆様、ご機嫌麗しゅう。あらロイド少年、エレガントな召し物ですわね」

アランの首根っこを掴みながら平然と挨拶をする彼女に一同苦笑い。義理の父となるスレオニンも息子の鬼嫁に笑うしかありません。

「アランには引っ張っていくタイプの嫁さんがいいと思ってはいたが……物理的に引っ張るタイプとは思わなんだ。まぁ育ちはいいし自治領の実力者だし妻とも仲がいいし良しとしよう」

なんか自分に言い聞かせている感は拭えませんがスレオニンはレンゲを歓迎しているようです。

余談ですがアランの母とレンゲは意気投合し今では月一で遠出して遊びに行く仲だとか。母親と嫁が年の離れた友人になりアランは完全に外堀を埋められた結果になったようです。

「というわけで私とアラン殿もリドカイン家の一員として公務に参加します。必ずやプロフェン王国のイブの悪事を暴き夫婦の名を歴史に刻みましょう……ですよねアラン殿」

「あ、はい……うぃっす……」

敵陣で大胆不敵なことを言う妻とイエスマンな夫……これも一つの愛なのでしょうか？

「これも一つの愛の形ですわね」

「セレン嬢、お前何様だ？」

この場にいる全員の気持ちをリホが代弁してくれたところで、もう一台の馬車が到着します。

すだれや木彫りの装飾が施された和風な馬車。そこから降り立つはキセルを咥《くわ》え剣呑《けんのん》な雰囲気を纏《まと》う剣士アンズ・キョウニンでした。流れる景色を肴《さかな》に一服していたのでしょう。

「見知った顔が見えたんでつい馬車を寄せてもらっちまったぜ……ってアタイが最後か」

同郷であるレンゲが恭《うやうや》しくアンズに一礼しました。

「アンズ、『色々な意味で』お先に失礼していますわ」

「オメー、会うたびにちょくちょく『お先に失礼』って言うけど、そろそろ止めろや」

アンズに武術も自治領の地位も勝てずにいたレンゲ……唯一マウントの取れる「結婚」に浮かれるのは女の戦いあるあるなのでしょうか。

アンズは少々へこんだ顔でキセルを吹かします。

「アタイだってよぉ、釣り合ういい男がいればすぐにでも結婚したいんだけどよぉ」

その会話の流れでふとロイドと目が合うアンズ。

——刹那《せつな》、すぐさま親衛隊（笑）による警戒態勢が敷かれます。

「この流れでロイド様を視界に入れるとはいい度胸ですわねアンズ様」

「それは良くない、アンズ様、それはなぁ……」

「……ん」

突き刺さるような鋭い視線は達人であるアンズすら後ずさりさせるほどです。

「か、勘弁してくれ。ここで命を散らすなんて御免被《こうむ》るぜ」

平に謝るアンズさん。自治領の長の面目というものは欠片もありませんでした。

アンズの命と場をとりなすためサーデンがキャラを捨て間に割って入ります。

「まぁ積もる話はあとにして、向こうに大将さんを待たせている。まずはご挨拶といこうじゃないか」

「そ、そうだぜ！　目的を見失っちゃいけねえ！　だから殺気を抑えてくれ！」

「アンズ殿も大変ですなぁ……」

同情するスレオニン。

「とにかく役者は勢ぞろい、皆で向かおうではありませんか」

役者はそろった……スレオニンの言葉が気になるのかロイドはキョロキョロ辺りを見回しました。

「どうしたのロイド君」

マリーの問いかけにロイドは「何でもありません」とごまかし庭園の奥へと向かいます。

皆と歩く中、ロイドは一人考え込みます。

(王様が言うには王女様も同行しているハズなんだけど……いったいどこにいるんだろうか。うーん……)

目の前でドレスの裾《すそ》を踏んづけ転びかけている女性こそが王女だと気が付かないロイド。

「ふんぎゃぁ！」

「っと、大丈夫ですかマリーさん⁉」

「え、えぇ……あっぶねー……」

マリーが無事だったことを確認してロイドは改めて気持ちを切り替えます。

(とにかく王女様らしき人を見つけたら王様が心配していたと伝えないと……危なっかしい人だと聞くし、しっかりお守りしないと)

今まさに危なっかしかったマリーがその王女様なんですけどね。

かくして勘違いの爆弾を抱えたまま諸悪の根源イブの元へと向かう一行……さぁロイドは一体どんなミラクルを起こすのでしょうか。

庭園の中心へ進むにつれ一行は柔らかい香りに包まれていきます。

「あら？　この香りは……ハーブですの」

「エレガントな香り、ハーブ園でしょうか」

サーデンはわざとらしく深呼吸していますね。

「スー！　ハァァァ！　いい香りだ！　まるで風呂《ふろ》上がりのサーデンのような香り！」

「……想像したくない」

手厳しい娘に暑苦しい笑顔を向けるサーデン。

「ハッハッハ、このハーブ園はイブ様のお気に入りだそうで……毎日決まった時間にここでお茶を嗜《たしな》んでいるそうだよ」

「ルーティーンってやつか、明日は決戦だってのにずいぶん余裕だな」

「さながら今日はご挨拶という名前の前哨戦《ぜんしょうせん》ってやつだね、こいつは気合い入れないと」

「うむ、やり手のイブ様をどれだけ揺さぶれるかが明日の明暗を分ける……サーデン王や他《ほか》の方々から外交手腕を学ぶんだぞアラン」

息子のデカい背中を叩《たた》くスレオニン。ベチンと大きな音を立てる強い激励にアランは声を上げます。

「痛ってぇ！　親父殿、ここはワシの背中をよく見ておけとかじゃないのか？」

素朴な疑問にスレオニンは少々困り顔になります。

「うむ……そう言いたいのは山々なのだが、ワシは……いや、大半の地方貴族はあのお方を苦手としている、息子の前でカッコいい姿を見せたいが期待はせんでくれ」

「そうなのですか？　着ぐるみ姿のふざけた手合いをエレガントに一喝するイメージなのですが」

アランの隣で首をかしげるレンゲ。そして言い出しにくいスレオニンの代わりにアンズがその訳を話します。

「地方貴族ってのは普通の貴族と違って大半が豪農とか豪商の成り上がり組、カタギになった山賊や陸に上がった海賊とかなんだ」

「うむ、リドカイン家は大昔海賊を廃業し山を切り開く林業で生計を立てたと代々聞いている」

海賊と聞いてリホとメナはアランの顔を茶化します。

「はっはーん、どおりで人相悪いと思ったぜアラン」

「やはりカタギじゃなかったんだねぇ」

同じ地方貴族のセレンも父親から聞いた家の成り立ちを話し出します。

「私の家は交易で財を成した豪商になるのでしょう……ではお父様もイブ様には頭が上がらないのでしょうか？」

「あぁ、たぶんな」

「その理由をお聞かせください」

「豪商やカタギになった海賊に地方貴族という地位を与えたのが他ならぬイブ様の家系なんだ。成り上がりの鼻つまみ者扱いされぬよう保護し信頼を得る機会を与えてくれたのだ。今でも地方貴族に経済的な指導を定期的に行っていて……私も若い頃はイブ様の手ほどきを受けた口でな、いわゆる師弟関係に近い」

「つまり地方貴族に取り立ててくれた恩義もあり、その称号を剝奪《はくだつ》する権利を有しているプロフェン王国、つまりイブ様は頭が上がらない存在ってことよ」

アンズにそう言われスレオニンは返す言葉がないようです。

「その通り、しかし世界を揺るがす悪事を見過ごすようなことはできん……息子夫婦が幸せに暮らすためなら地方貴族の地位など捨ててもかまわん」

「親父殿……」

「お義父さま……」

感動したレンゲはスレオニンの手を取ります。

「大丈夫ですお義父さま！　そうなってもアラン殿はエレガントに支えますわ！」

「おぉ、そうですか……良くできた嫁さんをもらったな、アランよ」

感動するスレオニンを前にレンゲはさらにまくし立てます。

「地方貴族の地位を剝奪されても自治領の斧の一族が家族全員を厚く迎え入れますわ――むしろそっちの方がオラに依存してもらえて好都合……側から離れにくくなって浮気《うわき》の心配もなくなる！　有り寄りの有りだべ！」

チャンス到来に本音ダダ漏《も》れのレンゲさん、スレオニンは先ほどの感動はどこへやら目が点になっております。

「……良くできた嫁さん」

「うるせえ」

フィロが同情しアランの肩をポンと叩いてあげます。

スレオニンもドン引きしていますが良いように解釈してあげました。

「まぁレンゲさんがいればアランもイブ様に物怖じすることはないだろう。ある意味リドカイン家は安泰だ、ある意味」

ある意味が深すぎますね。

その一方、サーデンが苦言を呈《てい》します。

「とはいえ相手はイブ様。苦手意識を持たせることと同じくらい懐《ふところ》に入り込み仲良くなる術《すべ》を心得ています……懐柔されないよう警戒した方がいいでしょう。ね、アンズ殿」

サーデンに振られアンズはバツの悪い顔で頭を掻きました。

「懐への入り込み方は確かにスゲーよあの人。冷静に考えりゃ常時着ぐるみを着ている不気味以外の何者でもない人なんだが……ほら、二言三言交わすだけで馬が合うってのあるだろ。そう思っちまったんだ」

「わかりますわ、私とロイド様との関係のようなものですわよね？」

「アンズさん、コイツのことは無視して続けてくれ」

「お、おう」

セレンのセレンっぷりとリホの間髪入れないツッコみに一周回って感心するアンズは気を取り直し言葉を続けます。

「自治領のアレやコレやを探るためだとしたら合点がいく、本来なら怒るべきなんだろうが不思議と憎み切れないんだよあの人。そう言う意味じゃアタイもスレオニンの旦那と同類だと思うぜ」

「緩急自在で摑み所が無く、冷酷だったり憎めなかったりするやり手……まるで王位を巡る争いをしていた頃のアンタだね」

ユビィの呟《つぶや》きにサーデンはわざとらしくウンウンと唸ります。

「妻からの誉《ほ》め言葉！　妻からの誉め言葉入りましたぁ！」

まるでホストの「ドンペリ入りました」と同じトーンで喜ぶサーデン。

フィロもメナも冷ややかな目で見ています。

「……アホダンディ」

「ほんと恥ずかしいよね、娘として」

サーデンに半眼を向ける二人の肩にアンズが手をまわします。

「でもこれがこのおっさんの交渉術なんだ。この調子でイブ様をひっかき回してくれるのは心強いぜ……二人とも勉強しろよ」

「反面教師にしたいなぁ」

「……もっとスマートな交渉術を身につけたい」

そんなやりとりをしているうちに一同は庭園の中央へとたどり着きました。

プロフェン王国大庭園。

色とりどりの花弁咲き誇るプロフェン自慢の観光庭園で、庭木でできたアーチやシックな石像が等間隔に並び、柵の中には品種改良された色違いのバラなどが幾何学的な文様を描くよう植えられ見る者の目を奪うプロフェン観光名所の一つです。

「うわぁ、すごい綺麗《きれい》ですね」

「植物の品種改良で国力をアピールかぁ、抜け目ないね」

「観光地としても稼げる、いい金になるんだろうな」

ロイド、メナ、リホ……三者三様の感想です。

「イブ様はこの先のプライベートスペースにいるはずよ、さぁ行きましょう」

マリーに促され一同はさらに奥へと進んでいきます。

関係者以外立ち入り禁止と書かれた看板の横を通り少し歩くと、さわやかな香りが風に乗り一行の頬をなでていきました。

たどり着いた開けた場所は観光地だった先ほどとは違い実に静謐《せいひつ》な雰囲気の漂う空間。

何かを祀《まつ》る祭壇を思わせる石造りの台座、それを囲むように白い花弁を咲かせるカモミールや紫のラベンダー……

その中央で片足を上げながら優雅にジョウロで水やりをするウサギの着ぐるみ……イブの姿がありました。

「大きくなぁれ、萌え萌えキュン！」

フィギュアスケートのようなポーズでの水やり、腰に負担がかかるその姿勢に一同意味があるのかと問い詰めたくなります。

そんな視線など意に介さずイブは水やりに勤しんでいました。

「イナバッ……うわぁぁい！　からの四回転半水やり！　……おっと着ぐるみの頭がずれちった、アブねえアブねぇ……おんや？」

イブは勢ぞろいの各国首脳陣に気がつくと陽気に声をかけました。

「やぁやぁ！　もろびとこぞりて！　こぞっているかい？　こぞってるよね！」

相変わらずのイブにサーデンが前に出て率先して挨拶します。

「お忙しいところ恐れ入りますイブ様、サーデン・バリルチロシンです！」

さすがのサーデンも元凶を前にいつもの飄々《ひょうひょう》とした態度は若干《じゃっかん》抑えめです。

これに反してイブは自分の悪事などバレても知ったこっちゃないと言わんばかりの平常運転で迎え入れます。

「そんなところに突っ立ってないで、ほら、座って座って。くつろいでくつろいで！」

「どこにだよ、イスなんてねーだろ」

たまらずツッコんでしまうアンズ、性分でしょうね。

「オヒサ〜アンズちゃん。もちろんお好きなところによ。ラベンダーの上でもカモミールの上でも好きなところに座りなさいな。おすすめはミント！　寝っ転がると歯磨き粉に包まれた錯覚にとらわれて『しこう』の気分を味わえるわよ。あぁ最高の至高じゃなくて歯クソの方の歯垢《しこう》ね」

いつものイブにペースを乱されまいとスレオニンが乗っからず挨拶をします。

「今日は明日の会議のための挨拶に来ただけですよ」

「真面目《まじめ》ねぇスレオニンちゃん、つまり宣戦布告の開幕宣言をしにきたってことよね」

「いえ、そんなつもりでは」

「あぁ気にしない気にしない。私ね、嬉しいのよ――」

イブは飲みかけのハーブティを着ぐるみの中に突っ込むとごきゅごきゅ飲み出しました。異様な飲み方に一同啞然《あぜん》としております。

飲み干して口から手を出しカップをテーブルに置くと、口から手を出したままサムズアップして見せます。

「――かつての教え子が師匠越えをしようって話でしょ、喜んで返り討ちにするのが礼儀ってもんじゃない」

少し声音の低くなるイブにスレオニンの頰を一筋の汗が流れます。

「そう縮こまらないの、子供の前で良いカッコをするのは親の義務よ……って息子さんもいたんだ、ど〜りで人数多いと思ったら皆してお勉強させに来たのかしら」

「そ、そんなところです」

「自己紹介しないとねぇイブ・プロフェン。ウサギの着ぐるみを着たしがない王様よ、よろしくね」

息子と言われアラン、そしてレンゲが前に出て挨拶します。

「初めまして、アラン・トイン・リドカインと申します！」

ここにきてビビることなく眼光鋭いアランにイブは感嘆《かんたん》の息を漏らします。

「噂《うわさ》はかねがね、ドラゴンスレイヤーさん。いい男になりそうな逸材ね」

「そして妻のレンゲ・オードックです」

「こっちの噂も聞いているわ。アンズちゃんには良い人いないの？　今度紹介してあげよっか？」

痛いところを突いてくる&明日糾弾《きゅうだん》される側とは思えない飄々とした態度にアンズは苦い顔をして感心しております。

「ったく、相変わらず軽口が減らないな……こんな状況になってもよぉ」

「ウフフ、あなた風に言うならば常在戦場……このノリは私の戦闘態勢と思ってちょうだいな……そしてサーデン王も子供連れ？」

「ええ、最愛の妻ユビィと最愛の娘二人です」

「ユビィです」

「……フィロです」

「メナです、よろしくお願いします」

ボケ倒しが信条のメナもイブを前にしてついつい糸目が開いてしまいます。それだけイブに圧力があるのでしょう。

「ん～良い子たちじゃない。私相手にも臆さない、『今度は』大切にしなさいよ」

「……っ」

まるで色々知っているかのような口振りにサーデンも身構えてしまいました。イブは揺さぶりに成功し肩を揺らしています。

そしてイブはサーデンの後ろにいる人間にも自己紹介を促しました。

「そしてこちらがアザミ王国の…………おん？」

「どうも、ロイド・ベラドンナです」

「……………………………………うん？」

てっきり本人ないしは血縁関係者が来ると思っていたイブ。まさかのロイドに彼女は固まってしまいました。

「え？　アザミ王は？」

「あ、僕、代理です」

その一言にイブは一瞬固まると着ぐるみの中で叫びます。

「聞いてねぇぇぇ！　子供とか血縁者の流れで無関係ってなんだ!?　よりによってこの子かよぉ！」

プルプルと全身マナーモードのように震えるイブ。くぐもった声の絶叫は皆の耳には届かなかったみたいです。

マリーが「どうもマリア・アザミです」とガッツリ本名で挨拶していますがイブの耳には届いていません。動揺するイブを見ているロイドの耳にも届いていませんでした。

「はぁはぁ……なんでおるねん？」

「あの、何で西の訛《なま》りに？」

動揺して変な方言が出るイブに普通にツッコむロイド。物怖じしないうえ彼女の動揺を誘う彼の存在に勝機を見出したのかサーデンとスレオニンはお互い顔を見合わせます。

「よくわかりませんが……さっそくロイド君のミラクルが発動しているようですね」

「よくわからんがイブ様の牙城《がじょう》を崩せるといいのだが、よくわからんが」

人間、よくわからずとも自分にとって都合のいい何かは簡単に受け入れるものですね。

イブは額《ひたい》を押さえ小さな声で嘆《なげ》いています。

「よりにもよって一番やりにくい子が……いえ、でも逆にこの子をどうにかするチャンスね。大丈夫、私は手を焼いていたユーグちゃんと出来が違うから」

丁寧にフラグを立てるイブさんでした。

ブツブツ独り言を繰り返すイブに他の面々も挨拶をします。

「あ、どうも妻のセレンです」

「オメーは落ち着け。アタシらは護衛ですんでよろしく」

イブは「やっぱりいるわね」と半ば「知ってた」状態です。

「しかも例のフルメンバーもセットで……ロイド君がいるから来ていると思ったけど、ホント期待を裏切らないわね……いいじゃないやりがいあるわ」

イレギュラーなピンチに火がついたのでしょうか、イブは柏手を一つ打つと衛兵を呼びつけ命令します。

「今日はみなさんもうお疲れでしょう、お城の来賓室へと案内して差し上げなさい」

まるで追い返すようなイブにロイドは去り際に声をかけました。

「あの、明日はよろしくお願いします」

「おう！　よろしくされてよ！」

「それと色々と正直に言っていただけると幸いです。こんな大きな国の王様ですし何か事情がありましたら考慮しますから」

「お、おう……考慮されてよ……」

悪党に対してこの純真さ……さしものイブもドストレートな甘ちゃんに狼狽《うろた》えるしかないようですね。ロイド一行が庭園から去っていった後、イブは声を荒らげ叫びます。

「このバカ正直さよ！　やりにくいったらありゃしない～！　あ～やりにくい！」

咲き誇るカモミールの上で駄々っ子のようにジタバタ暴れるイブ、飛び散る白い花弁が傾きだした陽《ひ》に当てられオレンジ色に輝きます。綺麗な光景ですが暴れているのはウサギの着ぐるみ、なんとも奇妙な光景です。

さんざん暴れた後、イブは肩を震わせながら猛《たけ》ります。

「まぁいいわ、まぁいいわったら、まぁいいわ……過去最高の川柳が完成しちまったじゃないの」

過去どれだけ落第な作品を詠《よ》み続けたんでしょうかこの人は。

イブは決意新たに独り言ちます。

「狩猟対象を自陣に誘導したと考えればこれ以上の好機到来はない、煮るなり焼くなり好きにさせてもらうわよロイド君」

イブは奮い立つとパンと着ぐるみの頬を叩きました。ウサギの頭がべっこりへこみます。

「しようじゃない、命のやりとりを……あなたの命を餌《えさ》にしてアルカちゃんを手中に収めるわ」

フンスと鼻息荒く意気込むとイブはいそいそとハーブ庭園から去っていったのでした。

第二章

たとえば個性派俳優たちのせいでシリアスが全部コメディになってしまったような状況

「まず私は霊という代物《しろもの》の研究に着手したわ」

プロフェン王国研究室。ヴリトラが資料片手に作業をしている傍《かたわ》らでイブは独り言のように自分語りを続けています。

「あなたにやれと言われた仕事の真っ最中ですが」

暗に邪魔するなと言いたげなヴリトラ、しかしイブは自分語りをやめません。イスの背もたれを抱き抱える座り方でこの世界に来てからの自分の行動を語るのでした。

「この世界はどういう存在なのか、元の世界と異世界の違いは何か……それを調べるのと並行して自分の体に起こった現象の解析、麻子《あさこ》ちゃんの体に憑依《ひょうい》した私の存在そのものが疑問の塊《かたまり》だったからオカルトじみたことを調べるようになったの」

視線で返事をするヴリトラ、イブが着ぐるみの頭を取って麻子の顔をひょっこり見せると自嘲《じちょう》気味に笑っていました。

「コーディリア……リンコ所長やアルカちゃんの様な素材そのままパターン、ヴリトラという蛇の姿になったイシクラ主任パターン……そのどちらでもない麻子ちゃんとの同化パターンは他《ほか》の魔王に類を見ないイレギュラー中のイレギュラー……それがわかっちゃったら不安になるのも当然でしょ」

「どんな姿であろうと異世界に飛ばされた時点で何もかも不安になりますよ」

「さすが蛇になった男は言うことが違うわね」

全く心のこもっていない感心した素振りを見せるイブは自分語りを再開しました。

「この世界では幽霊という存在が身近にあるということは早くに確認が取れたわ。モンスターの類《たぐい》というより残留思念に近いものね。想像だけれども魔力のせいで恨《うら》み辛《つら》みや心残りが形になって残りやすいんでしょう。あとは場所ね、人の死が身近な墓場や海とか……共通認識の力で形になりやすい」

「共通認識ですか、ルーン文字も同じ作用を利用していますよね」

イブは手を叩《たた》き「そうそう」と相槌《あいづち》を打ちます。

「生きたいという私の怨念《おんねん》じみた感情、絶大な魔力を持つ魔王になった貴方《あなた》たち研究員による共通認識の強さ、生死の境をさまよいギリギリ脳死は免《まぬが》れていた私と心神喪失していた麻子ちゃん……その全てが合致してイレギュラーな存在としてこの場にいるのよ、すごくない？」

「娘の体に憑依してその意見は同意できかねます」

イブはあっけらかんと笑っています。全く悪びれていない様子です。

「不可抗力よ、ペナルティとして二つの魂が存在しているから心と体が合致せず全く魔力とかがないんだから……出ていけるもんなら早急に出て行きたいわよ、これは本音」

娘のほっぺを引っ張って遊ぶイブにヴリトラは困ります。

「元研究員の魔王の回収にルーン文字のサルベージ&研究作業をするためにプロフェン王国を建国したの。魔法研究の進んでいるロクジョウに取り入って死霊術の研究を依頼したわ……もっとも内容が内容だけにロクジョウで死霊術は禁忌《きんき》扱いになって研究は凍結されちゃったけど、それがなければ私のニューボディはもっと早くに完成していたんだけどね」

足をプラプラさせながら残念そうに語るその姿は流行りのアイドルグループのチケットを取れなかった女子に見えます。言っていることはえげつないですが。

「いやぁ本当大変だったのよその件は。ロクジョウ王国の上層部に金を握らせ腐敗させマフィアを送り込んでようやく秘密裏に研究が再開されたんだから。リホちゃんのお姉ちゃんはよくやってくれたわ」

ベラベラと喋《しゃべ》るイブにヴリトラは疑問を投げかけます。

「急に饒舌《じょうぜつ》になりましたが、何かあったんですか?」

彼の指摘にイブは険しい顔を見せました。

「ロイド・ベラドンナが来たのよ」

「はぁ……ロイド君が」

「アザミの王様代理としてね、まったくこっちの予想を裏切ってくれるわ……腹芸なしにどんな質問も直球でさぁ、ホントやりにくい」

　そこまで行われたヴリトラはようやく合点がいきました。ショックなことや不安なことが起きると誰かに話を聞いて欲しくなるようなものかと。

　希代の大悪党にしてやり手の政治屋エヴァをしても不安をかき立てる存在、ミラクル勘違い純朴少年ロイドの存在にヴリトラは思わずニヤケてしまいます。

「なるほど、誰かと話をして不安を紛らわそうと」

　図星を突かれ、イブは逃げるように着ぐるみの頭を被《かぶ》り直しました。

「不安ってのは早々に拭《ぬぐ》い去るべきものなの、私が元の世界で大統領として大成できた秘訣《ひけつ》がそれよ。どんな状況になっても有名になっても不安の種を芽吹く前に取り除き、除草剤をこれでもかと散布する……これが私の困難に立ち向かうための努力よ！　あれぇ？　私最高に主人公していない？」

「悪党の言う台詞《せりふ》じゃないですね」

「こりゃ失敬」と軽く謝った後、イブは腕を組んで何やら思案し始めます。

「不安の権化《ごんげ》ロイド君……これを取り除く好機は今しかない……か」

　結局さっき庭で転げ回っていた時と同じことを口にするイブ、ヴリトラは怪訝《けげん》な顔をします。

「不安の権化？　取り除く？」

　イブはヴリトラの言葉など聞こえていないらしく一人納得していました。

「誰かに話を聞いてもらえば別の策が出るかと思ったけど結論は一緒……今日の様子じゃアルカちゃんもリンコ所長も来ていない……きっと聖剣や『最果ての牢獄《ろうごく》』の守りを固めているのね」

どうやら一方的に話しかけていたのは不安を取り除く他に実際自分の考えを口にし頭を整理してプランを練り直していたのでしょう。

「プロフェンは私のテリトリーよ。さながら今日の連中はホラー映画の洋館に足を踏み入れた哀《あわ》れな旅行客といったところかしら」

クックツと笑うイブにB級ホラー映画の知識が深いヴリトラはついつい水を差すようなことを言ってしまいます。

「ホラー映画でしたら何名か生き残るフラグですね」

これに加えて車のキーがすぐにかからない、追いかける怪物から走って逃げるとほぼ百％転ぶ、洗面所の鏡や窓ガラス越しに怪物が見えるなどはホラー映画あるあるですね。

そんな無粋なヴリトラの言葉などイブは全然気にしていないようで肩を揺らして笑っています。

「いいのよ、何人逃げ出そうが狙《ねら》いは一人なんだからさ……あら、そう言われるとホラーというよりサスペンスね」

「狙いですか?」

「そりゃもうロイド君よ」

イブはシリアストーンの声音でさらりと恐ろしいことを言い出します。

「ロイド・ベラドンナを人質にするの。もちろん手段は問わないわ、足を砕こうが目玉をえぐろうがかろうじて生きていれば向こうは交渉に応じるわ、絶対に」

「……できますか？」

「意外に何とかなるものよ、こんなこともあろうかとユーグちゃんを騙《だま》して……おっと協力してもらって色んなアイテムを開発してもらったんだから、対コンロン用の兵器をね」

イブはよっこらせと立ち上がるとヴリトラに釘《くぎ》を刺します。

「このことは他言無用、連中と城内でばったり出会っても他人の振りをするのよ。そして間違っても裏切らないように……麻子ちゃんの体は私が握っていることをお忘れなく」

それだけ言い残すとイブはキュムキュムと歩いて去って行きました。

奇っ怪なウサギの着ぐるみが帰った後、ヴリトラは嘆息《たんそく》します。

「べらべら喋ったのは私に共犯としての罪の意識を持たせるためでもあったのか？　相変わらず食えない人だ」

何にせよ娘の命がかかっている手前下手なことはできない、仲間を裏切る形になりイシクラは歯がゆい思いをしていました。

しかし、ふとした瞬間、何かを思い出したのかヴリトラはニヒルな笑みを浮かべ独り言ちました。

「ホラー映画か」

確かに今彼らが置かれている状況はB級ホラー映画なシチュエーション……夜半一人一人いなくなり食い散らかされた死体が転がっていてもおかしくない。

「しかし、しかしだイブ……いや、エヴァ大統領。そのホラー映画の配役に一人喜劇役者がいるぞ」

そう「ロイド・ベラドンナ」という役者が投入されるだけで、そのB級ホラーは無意味にサメが出てきてもおかしくないナンセンスコメディに様変わりすると想像しただけでヴリトラは笑えてきたのです。

「いるだけで悲劇が喜劇になってしまう……監督も強引《ごういん》に脚本をバッドエンドからハッピーエンドに変えたくなる……そんな役者だぞ、あの子は」

呪《のろ》いのベルトとして彼のミラクルを目の当《まあ》たりにしてきたから断言できるのでしょう。ヴリトラはこれから彼によって引き起こされるであろうコメディを楽しみにしています。

「ホラーとするなら『寺生まれのTさん』ならぬ『コンロン生まれのL君』ってところだな……昔はあのご都合主義展開ネタを鼻で笑っていたが当事者になるとこれほど心強いものはない」

いつかネタを考えた人間に書面で謝罪しよう……なんてことを考えながら書類に視線を戻す

のでした。

　プロフェン王国城内、来賓館《らいひんかん》。

　政治的な話や商談まで気兼ねなくできるよう広々としたスペースに加え来賓たちを歓迎するための生演奏や演劇が楽しめる舞台まで設置されています。

　そして華美に寄せないシックな内装に糊付けの効いたテーブルクロス。

　その上に銀細工の燭台《しょくだい》が等間隔に並び小さな灯《ともしび》がゆらめいています、磨き抜かれたワイングラスに明かりがきらめき実に幻想的な空間を醸《かも》し出していました。用意されたシルバーやナフキンですら演出の小物に思えてしまうほど。

　極めつけは一面ガラス張りの窓から一望できる庭園。すっかり陽《ひ》が落ち暗くなった庭ですが蓄光魔石による艶《あで》やかなライトアップで見る者の目を楽しませます。

　そんなゴリゴリの政治的スペースにロイドたち一同はご招待されていました。コンシェルジュに誘導されアンティークなイスに一人一人座ります。座り心地と落ち着きを兼ね備えたイスなのでしょうが至れり尽くせりすぎてどこか落ち着かない感が否《いな》めません。士官候補生たちはわかりやすく圧倒されていますね。

「アザミにも来賓館があるけど……ここまでのお庭は見かけたことないわ、特にこのライトアップは一級品ね」

マリーはそう感嘆《かんたん》の息を漏らしました。

「計算され尽くしたライトアップだ……庭木の葉一枚一枚の陰影がたまらないぜ」

アランも感嘆の息を漏らします。ベクトルが全然違いますが彼、ロクジョウでの映画撮影の一件から照明にハマっていますので。

彼女を含めちょっと軽く飯を食って酒飲んで雑談して帰るつもりだったのでしょうが……ガチガチの会食に気後《きおく》れしていますね。

スレオニンは髭《ひげ》をなでイブの交渉巧者ぶりに感心します。

「やれやれ、何が簡単なお食事会だ……過度な歓迎で機先を制するとは……」

「まったくイブ様は一筋縄ではいかないね。おそらく狙いは私たちではなく……」

サーデンも同意するとチラリとロイドたちの方を見やりました。近所の居酒屋で飲み会かと思ったら実は高級店だったくらいの落差に飲み込まれロイドたちはガチガチになっています、メナですら少し浮き足立っていましたから。

「あの子たち、特にロイド君に一発かますためってとこだろうね」

ユビィはロイドの方を心配そうに見ながらサーデンに耳打ちしました。

「効果は覿面《てきめん》だったみたいだね、ロイド君狼狽《ろうばい》しているし……」

その浮き足立つ様子をホスト側であるイブは満足げに見やっていました。性格の悪い金持ちですねやっていることは。首にちょこんとつけている蝶《ちょう》ネクタイを楽しそうにいじり何とも憎たらしいです。

彼女は聞かれてもいないのにサーデンたちに大それた会食の意図を伝えます。

「いやいや、年上の『少年少女たちをお洒落《しゃれ》空間で贅沢《ぜいたく》な食事でもてなして舌鼓《したつづみ》を打ってほしい』欲が刺激されちゃったのよ」

「白々しいことを言う」とスレオニンは嘆息しました。

「一瞬たりとも気は抜けませんな、スレオニン殿、アンズ殿」

「まったくだぜ」

アンズはどかっとイスに座り足を組んで横柄《おうへい》な態度を取り出します。イブはそれも織り込み済みなのか肩を揺らし笑いながらその様子を見守っています。

完全にイブのペースに飲まれている状況。そこに颯爽《さっそう》と料理が運ばれてきます、どれも一級品、海の幸山の幸がふんだんに使われていることは料理素人でもわかるくらいです。

「堅苦しいのはイヤなんでコース料理はやめといたわ」

そして「鴨のロースト」だの「カツオのカルパッチョ」などツラツラ解説を始め彼らを圧倒するのでした。

耳慣れない単語で他を圧倒する行為はイニシアチブをとる常套《じょうとう》手段。人によっては博識と無意識に植え付けられ強く出れなくなったりするからです。

しかし、この常套手段……純粋かつ料理好きのロイドにとってはむしろ逆効果でした。

いと思った」

「え？　聞いたことありますがその手法で焼いたんですか⁉　ふぇぇ、どおりで蒸し焼きっぽ

「あ、うん。そうなのよ……驚いていただけて光栄だわ……」

素直。腹芸とは無縁で常に勉強する姿勢を怠らない彼にとってイニシアチブなんて考えは存在せず、純粋にすごい料理に感心しているのでした。

「へぇ！　香り付けが燻製《くんせい》っぽいかと思ったら海水に浸した板を鉄板の上に……」

しかも料理の話をしているうちにガチガチだったロイドの緊張が徐々にほぐれてくる始末。

イブは目論見《もくろみ》が崩れやりにくそうな雰囲気が着ぐるみからにじみ出ていますね。

そしてロイドの緊張がほぐれると他の面々もつられて緊張がほぐれていきました。なんだかんだいってもチームの中心はやっぱりロイドです。マリーに至ってはうまそうなお酒に我慢できなくなったのか一人で勝手に乾杯し飲み出していました。

「これおいしっ！　これおいしいわよ！　あとこのデザートもお酒に合う！　スイカの器にフルーツとラム酒で香り付け⁉　ロイド君今度やって！」

もうデザートをつまみにやり始めて飲兵衛《のんべえ》ここに極まれりです。

「よ、よかったわ。じゃあお酒は後で部屋に送っとくからね……スゲーなオイ」

イブもついつい素でマリーの傍若無人《ぼうじゃくぶじん》さに呆《あき》れているのでした。

料理好きと飲兵衛……イレギュラーのせいでペースを乱され困った雰囲気のイブ。

そこをサーデンは見逃さずイブにこう話しかけました。

「ロイド君とマリーさん、楽しそうだというのにずいぶん残念そうですねイブ様」

ツッコまれたイブですが気を取り直し平静を装います。

「残念なんてことはないわよ！　若いモンが喜んでくれて嬉《うれ》しいことこの上ないわよ！」

「そうですか、表情はわかりませんが困っているような気がしまして。なに、こちらの思い違いだったらいいのですが」

スレオニンも賛同します。

「そうですな、料理でイニシアチブを取ろうと考えていなかったようで何よりです」

「スレオニンちゃん、会議は明日なのよ。ここで舌戦を繰り広げてもお酒がまずくなると思うんだけど」

少々ドスを利《き》かせたイブの声、ちょっぴりあたりの空気が冷たくなります――が。

「このワインおいしい！　これの白あります？　あるの⁉　イェエイ！」

「このソースは、へぇポルチーニ茸《たけ》のクリームソース……平打ち麺《めん》に合いますねぇ」

どんな会話をしようとも絶対に酒を不味《まず》く感じないであろうマリーと料理人モードのロイドにイブは肩すかしを食らいました。

「あ、イブ様。このソースの作り方聞いてもいいですか？　門外不出だったらあきらめますんで」

「あ、うん……好きにして」

探りを入れるどころか逆にレシピを探られイブは困惑するしかありませんでした。

この状況にたまらずイブはポンポンと手を叩きます。すると颯爽と執事が現れイブのそばで恭《うやうや》しく一礼しました。

彼女は執事にそっと耳打ちします。

「ちょっと早いけど例のアレ、呼んでちょうだい」

「かしこまりました」

執事はすぐさま別の執事にアイコンタクトを取りました、鋭い眼差《まなざ》しで頷《うなず》く様は要人警護をしている一流SPを彷彿《ほうふつ》とさせる動きです。

しばらくすると一瞬で庭のライトアップなどの蓄光魔石が消灯し、テーブルの上にある燭台の明かりだけが揺らめく状況に。

突然の暗転にアンズは刀に手をかけ奇襲を警戒します。

「なんだぁ⁉」

リホも緊急事態に機敏に対応します、高そうな食べかけのエビを放り出し周囲を見回しました。

「緊急事態か⁉　メシ食ってる場合じゃねぇ！」

その一方でフィロはリスのごとく頬袋《ほおぶくろ》に食事をいっぱい詰め込んでいました。

「……モゴモゴ」

「おま！　一応警備ってこと忘れるなよ！」

「……モ」

「会話できないほど頬張ってんじゃゃねぇ！」

このまま説教モードに移行しそうなところにもう一人の問題児が活き活きとしだします。

「そうですわ！　私はロイド様の大事な所を警護しますから皆さんは邪魔が入らないように周囲を見回してください！」

薄暗闇《うすくらやみ》でここぞとばかりにロイドの体をまさぐろうとするセレン……もはやお約束の領域ですね。

「フィロ、ロイドの安全確保が先だ」

「……合点承知」

真っ先に変態からロイドを守るという最優先事項に慌《あわ》てる一同。その慌てる様を堪能《たんのう》した後イブはのんきに声をかけてきます。

「そーんな心配しなくていいのよ。これから余興が始まるだけだから」

「余興ですか？」

怪訝な顔をするサーデン、対してイブは飄々《ひょうひょう》とした表情です。

「そうよ、サーカス団『シルクドアルデヒド』による生演奏&魅惑のショウが始まるの」

イブの意図が見えたサーデンは舌打ちしスレオニンは腕を組んで唸《うな》っています。

「少しでもペースを乱されたら流れを断って自分のペースに引き込もうという考えですな」

タイムアウトの使い方が見事すぎるやり手バスケット監督のごとく悪い流れを断ち切ってみせたイブ。その手腕に舌を巻くしかないようですね。

――コツコツ
そんな彼らの前にしずしずと青いドレスを着たピアニストらしき女性が登場し一礼します。思わずこっちも恐縮してしまうほどの一礼でした。

彼女はグランドピアノの前に座ると透き通るような指先が鍵盤の上を踊り出します。

奏でられる幻想的で心震わせる調べに一同聞き入ってしまいます。それだけ心こもった引き込まれる演奏でした。

「なんて儚《はかな》さと悲しさの込められた演奏、心洗われるわぁ」

心にもないことを言ってのけるイブにアンズは白々しいと半眼を向けます。

「んん？　どうしたのアンズちゃん、素敵な調べを聞き逃すわよ」

「へいへい、集中しますよ、ったく――あん？」

……ペチん
集中して聞くアンズ。するとどうでしょう、その調べの合間合間に曲調に似つかわしくない合いの手が聞こえてくるではありませんか。

……んペチ……んペチ……ペッチん

タップダンスとも手拍子とも思えない、なんともウエッティなその音は徐々に徐々に主張を強めてきます。集中せずとも聞こえてきます。

……ペチペチペッチん！　……ペチペチペッチん！　スッパんパん！

何の音だろうか、演出？　それとも水漏《みずも》れ？　一同が顔を見合わせたとき、音の主が威勢良く登場しました。

「ヌハハ！　生演奏！　生尻《なまじり》演奏！　なまえんそう！　なまじりえんそう！」

ペチペチペッチンペッチンチン！（自らの尻をスパンキングして奏でる愛の調べ）

「変態だぁぁぁ！」

はい、音の正体は自称「魅惑のハムストリング」の持ち主タイガー・ネキサムが自分の尻を叩いている音でした。上半身裸で食い込み気味のショートタイツで登場。彼の尻はうっすら汗ばんでいます、どおりでウェッテイな音ですね。

「なにこれ」

曲に全く合っていないリズムと存在に場は騒然、主催のイブも固まっていました。

「何してんだ？　あの自治領の面汚《つら》し」

「何しているベタイガー！」

アンズとレンゲ、同郷の叱責にもどこ吹く風、尻を叩きながらピアノのＢＧＭをバックに語り出します。まるで間奏中のセリフシーンのように様になっているのが逆に腹立たしいですね。

「ヌハ、聞いてくれ。我《わ》が輩《はい》はちょっと前からこのサーカス団で世話になっている。最初のうちは鼻つまみ者の尻つまみ者だったが、優しいみんなは徐々に我が輩に打ち解けてくれた――」

「なにドサクサに紛れて尻つまんでいるんだよ」

呆れ果てるアンズはふとピアノ演奏者の方に視線を送ります。彼女は今にも泣き出しそうな表情で「あっちを見ちゃいけない」と必死に演奏しておりました。訳のわからない半裸のマッチョマンが尻を叩き出しても演奏を止めないのはさすがプロといったところでしょう。

しかし逆にプロの腕前が災いしたのかピアノの調べには彼女の感情が思いっきり乗っていたのでした。「悲しさ」や「儚さ」、そして「助けて」……どおりで心が震えるわけだと一同大納得です。実際彼女震えていますし。

最初のしずしずとしていたのはおどおどしていたからなんだなと全員が察する中、第二の刺客が登場します。

チャカポコチャカポコ……

現場の空気などお構いなしの気の抜けた小太鼓のリズム。その音を受けネキサムが尻叩きを継続しながら仕切りだしました。バンドのメンバー紹介みたいに……です。

「ヌッハー！　さぁ続いては我がサーカス団メンバーによる魅惑のショウタイム！　ご堪能☆ください！」

ヘイ！　カモン！　と尻を叩くと奥の方から玉乗りしながらジャグリングをしているピエロと思《おぼ》しき男が登場しました。赤と白のピンを何とも器用に動かしています。

ピエロと思しき男……なぜそう表現したのか、理由をご説明しましょう。

その男はピエロのメイクこそしていますがフンドシ一丁の姿で玉に乗って登場したからです。これを「紛れもなくピエロだ」と言い切ってしまうと世界中のピエロさんが悲しんでしまうからです。何が起きても笑わなきゃいけない彼らを憂慮したためです、ご了承ください。

そんな訳でフンドシピエロの男……はい、ご存じメルトファンが満を持して登場しました。

「イーッツ！　トライディッショナル☆ピエロ☆スタイルッ！」

そんな伝統どこにもないと声を大にして言いたいですね。

よく見ると赤と白のピンらしき物は人参と大根ではありませんか、土が付いているのでおそらく採れたてでしょう。

「一つ一つの形や大きさが違うのにジャグリング……地味にすごい技術ですね」

ついつい細かいところを感心してしまうロイド、それだけメルトファンのジャグリングが堂に入っているのでしょう。

さて、その後ろからチャカポコ小太鼓を叩きながら三人目が死んだ目をして登場します。

「コリン大佐……見かけねーと思ったらこんな所にいたのかよ……ってことは」

コリンがいることでリホはあることに気がつきました、セレンとフィロも同様に気がついたみたいで同時に頷きます。

「アザミ軍がサーカス団に潜り込ませ、送り込んでくれた助っ人と考えて良さそうですわね」

「……しっかり潜り込めていないと思うけど、多分そう」

潜り込んだというか正直乗っ取った感ありますよねあの二人のインパクトでは。

「あぁ、メルトファンの旦那とネキサムさんだけならノリでサーカス団に入団した可能性もあったがコリン大佐もいるなら十中八九リンコさんかアルカ村長のアシストだぜ」

「……確かに、あの二人だけだったらノリの可能性も少なくない」

変なところに信頼ありすぎですねフンドシ&筋肉の二人は。

ここにいる全員がプロフェン王国で何か起きたときのための戦力追加だと納得するのでした。

一方、死んだ目をして機械のように小太鼓を叩いているコリンにアンズとレンゲは同情の眼差しを向けています。

「きっとメルトファンと一緒に仕事ができると思って張り切っていたんだろうな」

「しかし実際は筋肉とフンドシピエロのフォロー……あの子の方がピエロでねか、可哀想《かわいそう》すぎるべ」

そんな会話をしている間にもショーは進行しています。続いて現れたのはシルクハットにタ

キシード、手にはムチといったオールドスタイルの猛獣使いでした。

漂う威厳と恰幅《かっぷく》の良さ、カーブを描く口髭……おそらく彼がこのサーカス団の団長さんなのでしょう。

しかし、その表情は猛獣使いと言うよりも戦場に赴く兵士の顔つきでした。脂汗で顔中ギトギト、食うか食われるかの緊張感がロイドたちにも伝わってくるくらいです。

さぞかしヤバイ猛獣が現れるのだろうと一同が固唾《かたず》をのんで見守っていると……

「どうも、猛獣です」

「へい！　猛獣だぜ！」

現れたのはサタンとスルトのコンビでした。サタンは魔王の第二形態である青い獅子の姿で登場……確かに一見猛獣のように見えますが獅子にあるまじき漆黒の翼に加え人間の言葉を放って、どこをどう見ても「魔王じゃね」とツッコみどころ満載でした。

そりゃいくら百戦錬磨の有名サーカス団団長も魔王を前にはビビるのも無理はないですよね。今にも逃げ出したい彼をこの場に留まらせているのは「プロ意識」ただそれだけでしょう、涙を禁じ得ません。

「私がここで逃げるのは団員や今まで従えてきた数々の猛獣たちに申し訳ない……」

緊張しまくっている団長にサタンは気を使って話しかけます。

「あのぉ団長氏、そんな固くならずとも……ちゃんと指示通りに動きますんで」

「あ、すんまっせん」

今の一言で威厳はどこかに吹き飛んでしまいましたね。

緊張し倒しているのを察してかメルトファンが代わりに仕切り始めます。

「では火の輪くぐりを始めます！　スルトさん！」

「オッケーだ！」

口から火を吹き空中に火の輪を作り出すスルト、「炎の魔王」の彼にとってタバコの煙で輪っかを作るくらい簡単なものなんでしょう。

「じゃ、飛びますよ団長氏」

「あ、願いします」

「よいしょ！」

「いいですね！　ナイスジャンプ！」

完全に接待ゴルフの上司と部下状態、猛獣使いの団長が早朝ゴルフに付き合わされている新入社員にしか見えなくなりました。

そんな光景が繰り広げられている中、イブはパンパンと手を叩きます。さっきと比べ少々荒っぽい様子で苛立《いらだ》ちが隠し切れていません。

駆けつける執事、彼にイブは短く「どゆこと」とだけ問いただしました。この一言に全てが詰まっていますね。

執事は少々困りながらも招き入れた経緯を説明します。

「いつもと違う感じはしていましたが『芸風変えたのかな』と」

「変わりすぎでしょう、ほぼストリップよ」


「ヌハハ！　食い込み&スパンキーング！」

「農家のジャグリングは世界一！」


「ごめんなさい、ストリップですらない何かだわ」

「団長の心中察するに余りあります」

こういう所でちゃんと謝れるイブさんでした。

気を取り直し執事は理由を伝えます。

「いつものサーカス団の方々は顔パスでいいとイブ様のご命令だったので通させていただきました」

「ぐぬっ」

自分が顔パスオッケーを出していたことを失念していたイブ、言葉に詰まるのでした。

「で、でも筋肉とフンドシと喋る獅子よ。顔パスオッケー出したとはいえおかしいと思わなかったの？」

「逆にアレがサーカス団でなかったら何なんだと思いまして……」

「確かに」

ド正論すぎてイブは言葉に詰まるどころか思わず納得の声を漏らしてしまうくらいでした。

結局、イブの「ロイドに一発かまして萎縮《いしゅく》させる」作戦の会食は筋肉&フンドシのイレギュラーサーカス団に一発かまし返され失敗に終わったのでした。

ただイブだけでなく他の面々も生尻演奏のせいで心にダメージを負ったようで、美味《おい》しい料理をモソモソと食べる侘《わび》しいものになったようです。


さて怒涛《どとう》の会食を終わらせた一行は来賓施設のロビーラウンジにて集まりお茶を飲んでいました。さっきの尻まみれの会食の口直しといったところでしょう。

「う～ん、ロイド君の淹《い》れてくれた紅茶は相変わらずおいしいネッ！」

堪能するサーデンはくつろいでいますがスレオニンはまだ警戒が解けておりません。周囲をこれでもかと見回しています。

「大物ですなぁサーデン殿は、私はもう不安で不安で……ところで愚息が見当たりませんな」

アンズは心当たりがあるのかお茶をすすりながら苦笑いしています。

「アランのやつならレンゲに引っ張られて城内デート中だぜ、まったく敵陣だってのに大したもんだ」

「そうですか……まぁレンゲ殿と一緒なら問題ないと信じたいですな」

サーデンの横に座っている妻のユビィは意外そうな顔をしていました。

「しかし、制限付きとはいえ城内を自由に出歩けるとは思わなかったよ……ほら、プロフェンって」

「あれだけ身分証明とかに厳重だから行動制限もガチガチと思うよね」

「それだけ自信があるんでしょうね、ボロを出さない自信が」

リホとマリーに続いてメナが自分の見解を示します。

「それもあると思うけどあえて自由にさせて出方をうかがっているんじゃないかな?」

「さすがメナちゃん、サーデンの娘だ!」

「離れなってアホダンディ……」

そのやりとりを微笑《ほほえ》ましく見ているロイドにフィロが休むよう促しました。

「……師匠も座ったら?」

「あ、はい。そうですね」

「……なんかそわそわしている感じ?」

見抜かれたロイドは頰を掻《か》きました。

「え、ええ、やっぱ敵の本拠地ですし緊張しているのかもしれませんね」

マリーはロイドに共感します。

「こういう時って何かしていないと落ち着かないのよね～、わかるわぁ」

ちなみにさっきから何もせず出されたお茶を飲んでいるだけのマリー……どの口がわかると言っているのでしょうか。

「私、マリーさんのお尻がイスにくっついてしまったと言われても疑いませんわ」

「同感だぜ……ところでサーカス団、メルトファンの旦那たちはどこいるんだ？」

リホの問いにアンズが答えます。

「さっき聞いたんだけどよ、サーカス団は猛獣がいるんで来賓館とはまた別の宿泊施設にいるみたいだぜ。まぁ何かあったらすっ飛んで来れる距離だから安心だな」

「万が一、我々の身に何かが起きても別に動けるチームがいるのは心強いです」

最悪の場面を想定していたスレオニンからしたら別動隊がいるのは精神的にかなり楽な模様です。その辺も見越しての潜入任務だったんでしょうね。

さて、促されて座ったロイドはやはり落ち着かないのか今日のやるべきことを質問します。

「ところで今日はこれから何をすればいいのでしょうか？」

サーデンがロイドの緊張をほぐすように肩を揉《も》んであげながら答えます。

「んっん～、今日はアレさ、明日に備えてゆっくり寝るくらいさ」

スレオニンも気負いすぎぬようロイドに伝えます。この人もロイドにメロメロですので優しいですね。

「うむ、本命は明日……会議で雌雄を決することになる。寝る前に一回資料に目を通せばいいさ」

「そうそう、難しい質問はこのおっさんらに任せておけばいいのさ。ロイド君は自分が思ったことを遠慮せずブツケるだけで良い……それが一番あの人には『効く』だろうからよぉ」

含みのあるアンズの言葉にユビィも同意します。

「打算や損得抜きの質問ほど腹芸が得意な奴《やつ》には効果的なものさ」

「そういうものですか？」

「……そういうもの」

「そそ、ロイド君だもんね」

フィロとメナにも言われ頭を掻くロイド。

そこにアランとレンゲが帰ってきました。

「すいませんみなさん！　ただいま戻りました！」

「おうおうお熱いねぇこの野郎。で、どうだったたい？」

茶化すアンズにレンゲは不満顔で愚痴ります。

「二人きり……とはいきませんでしたわ、そこかしこでノーエレガントに監視されていましたので」

「だと思ったぜ、この来賓施設からは一歩でも出たら気が抜けねぇな」

どうやらアンズは二人に偵察させるためデートに行かせたようです……まぁレンゲは普通にデートを堪能したかったようですが。

「ふぅ……痩せたぜ……」

アランの方は監視とレンゲ、二つの視線に神経をすり減らしたようでほんのり痩せこけていました。

「アランさんお茶をどうぞ、レンゲさんの大好きなお紅茶ですよ」

「あ、ありがとうございますロイド殿」

「エレガントな淹れっぷり、さすがロイド少年ですわね」

アランはのどが渇いていたのか一気に飲み干すと外の様子を詳細に説明します。

「意外にも城内のほとんどの場所を見て回ることができました。各所で親切に案内なんてしてくれて至れり尽くせりのＶＩＰ体験でした、まぁ別の意味でのＶＩＰ体験も新鮮でしたが」

「つまりそいつも案内っつー名の監視だよな」

頷くアラン、レンゲはまじめな顔で答えます。

「アンズ、しかも相手は相当な手練《てだ》れよ。案内する人間も隙《すき》はなく柱の陰や草の中、果ては地中からも監視されていてラブラブな行為に及ぶ隙は皆無でしたわ、ノーエレガンツ！」

「お前、義理の親の前で何大声で言ってるんだ?」

身に危険が迫っていたとアランは思わず身震いしました。

アンズが半眼を向ける一方セレンはレンゲを叱咤激励《しったげきれい》しています。

「まだまだですわねレンゲさん、人が見ているからこそ燃える時もあるというもの、見せつける……すなわち既成事実に繋《つな》がるのですわ」

「せ、セレンちゃん……目からウロコが落ちたべ！」

そのウロコ、落としちゃダメなウロコですね。

アンズがツッコむ気も失《う》せ頬杖《ほおづえ》をついて変な空気になったところマリーがたまらずフォローします。

「ま、まぁヤベー奴が潜んでいるってわかっただけでも収穫ね」

色んな意味で、身内の中にも……と明確に言わないのはマリーなりの優しさとあきらめでしょうね。

「だなぁ、極力大人しくしていた方がいいってことか……というわけでセレン嬢も慎めよ」

「……慎めよ」

「そんなこと百も承知ですわ！　というわけでロイド様、私と朝まで大人しく……いえ、大人らしいことをしましょう！」

「アハハ、言った側からコレだよ。脳味噌《のうみそ》にどんなフィルター入っているんだろうね」

呆れかえる一同は笑っています。

しかしロイドは笑うことなく真剣に周囲を見回したり時折外を眺めたりしています。

「どしたんロイド君？　誰か見ていたとか？」

「い、いえ……どこにいるんだろ」

そうです、ロイドは未《いま》だ見ぬ王女様がどこにいるのか心配なのでした。監視の目が厳しいのならなおさら……王様曰《いわ》く「無茶」で「無鉄砲」とのことですから。

（王様からよろしくと言われている手前、危険な監視がいる中で放ってはおけないよね……あとで探しに行こうかな？　無茶なことしていないといいけど）

その王様曰く「無茶」で「無鉄砲」な本物の王女様（笑）マリーはというと……

「よっしゃ！　じゃあ今日は大人しく部屋に引きこもってお酒を飲みましょう！」

なにが「よっしゃ」なのかわかりませんが高らかに飲酒宣言をしていました。

「明日もあるから程々にね……ま、気晴らし程度ならアリでしょう」

「毒は入っていないと思いますが、念のためエレガントにアンズに毒味をさせましょう」

「おうコラ、レンゲ……ま、来賓に毒を盛ったら糾弾《きゅうだん》される前に問答無用で国際問題だ、大丈夫だろ」

「同感ね、飲みましょう」

おや、大人組は少し飲みたい気分のようですね。

「酒飲みにつきあってらんねー、アタシは部屋に戻るぜ」

「ですわね、久々にパジャマトークでもしましょうか」

「……ん」

そんな感じで一同は解散、明日に備えて英気を養うことになったのでした。

そしてその夜半、ロイドは動きます。見当たらない王女様を捜し当て王様が心配していると伝えるために。

その先でロイドを拘束《こうそく》しようとしているイブと鉢合わせになるなんて誰も思いも寄らなかったのでした。

そしてそして……かのイブにとって最悪の幕開けになるとは……彼女自身に想定外の出来事がロイドの手によって降りかかるのです。

さぁ、悪党イブの転落は今から始まります。

イブが着ぐるみを着込んでいる秘密。

理由は色々ありますが一つは国を統治する際「不老不死」であることを悟《さと》られぬようにするためでした。

それを正当化するために、代々王位を継ぐものは着ぐるみを着て、王族は暗殺されぬよう人前で姿を見せない……という設定を作り上げたのです。

実に奇妙で不自然な設定ではありますがそこはイブ、国力を維持し支持率を上げげそんなこと

特装版予約絶賛受付中！です。
お見逃しなく！！！
2022年7月15日頃発売予定！
ゴブリンスレイヤー16
等身大タペストリー付き特装版
著●蝸牛くも　イラスト●神奈月昇
2022年9月15日発売予定！
魔女の旅々19
ドラマCD付き特装版
著●白石定規　イラスト●あずーる
2022年9月15日頃発売予定！
お隣の天使様にいつの間にか駄目人間にされていた件 7
ドラマCD付き特装版
著●佐伯さん　イラスト●はねこと

この注文書に記入して、お近くの書店へお申し込みください。

書籍扱い（買切）

予約注文書

書店印

【書店様へ】お客様からの注文書を弊社、営業までご送付ください。

（FAX可：FAX番号03−5549−1211）

注文書の必着日は商品によって異なりますのでご注意ください。

お客様よりお預かりした個人情報は、予約集計のために使用し、それ以外の用途では使用いたしません。

2022年7月15日頃発売予定!		著	蝸牛くも	イラスト	神奈月昇
GA文庫	ゴブリンスレイヤー16 等身大タペストリー付き特装版	ISBN	978-4-8156-1345-7		
		価格	12,078円（税込）		
		お客様締切	2022年5月6日（金）		
		弊社締切	2022年5月9日（月）	部	
2022年9月15日頃発売予定!		著	白石定規	イラスト	あずーる
GAノベル	魔女の旅々19 ドラマCD付き特装版	ISBN	978-4-8156-1542-0		
		価格	3,300円（税込）		
		お客様締切	2022年7月15日（金）		
		弊社締切	2022年7月19日（火）	部	
2022年9月15日頃発売予定!		著	佐伯さん	イラスト	はねこと
GA文庫	お隣の天使様にいつの間にか駄目人間にされていた件7 ドラマCD付き特装版	ISBN	978-4-8156-1530-7		
		価格	2,970円（税込）		
		お客様締切	2022年7月1日（金）		
		弊社締切	2022年7月4日（月）	部	

住所　〒

氏名

電話番号

特装版は書籍扱いの買取商品です。

返品はお受けできませんのでご注意ください。

など誰も気にしない状況を何年も続け「むしろ王様が着ぐるみ着ていないのは異常」「危機感無いのか？」というニュースタンダードを自国に根付かせたのでした。イブの作戦勝ちですね。

そしてもう一つ……こっちの方が重要なのですがアルカたち元研究員に「エヴァ大統領が石倉《いしくら》麻子の体に憑依している」という事実を隠し通すためでした。

借り物の体に憑依という理外の状況、何がきっかけで麻子が目覚めてしまうかわからない、自分の置かれた状況を完全に把握する間、外的要因をできるだけ排除するため素性を隠そうとした結果なのです。

ある程度麻子の意識をコントロールし昏睡《こんすい》状態を維持できるようになってからも切り札として隠し通していました……まぁあと着ぐるみキャラが定着しすぎて脱ぐに脱げなくなった「扮装キャラ系一発芸人」的な悩みも抱えていたのですが。

本人曰く「この特殊な状況楽しまなきゃ損じゃない」――いきすぎた享楽主義者それがイブ・プロフェンの本質です。

新興国を立ち上げる前は代々高名な占い師の家系。各国の要人から信頼も厚く一国の首脳が国の行く末を相談するようなこともあったそうです。

占いといっても占星術から手相人相……それらを突き詰めたいわゆる「統計学」、相手を安心させ満足させる「心理学」、政治に関する適切なアドバイスを繰り出すために「政治学」のノウハウも蓄積されていたそうでエヴァのスペックは並の政治家を凌駕《りょうが》するものと自負していました。

相手の欲しい情報や言って欲しい、後押しして欲しい言葉を選び、決断は相手に委《ゆだ》ね責任を負わないようにする作業の繰り返し……本人曰く「先祖代々キャバクラ嬢みたいなもの」と身も蓋《ふた》もない言い方をしておりました。

エヴァが占い師の当主になってからそんな日々の繰り返し……彼女はそれはもう飽いていました。

そんなある日のこと、エヴァは思い立ちます。

「この連中をコントロールしてどこまでこの世界を掌握《しょうあく》できるか」という独り遊びを……です。

好奇心に突き動かされたエヴァは元々の享楽主義者としての素質に倫理観の欠如も合わさって瞬く間に世界の中枢に食い込んでみせました。時に政治家を動かし失脚させ戦争の火種を作り、それを止めて恩を売るというマッチポンプで立ち回り……

みるみるうちに政治経済の中心となったエヴァ、そんな彼女に群がるのは「おいしい思いをしたい」「利用したい」連中。

甘い物に群がるアリ……エヴァはその連中が狙いでした、例えるなら砂糖を使ってアリをおびき出すアリクイです。

彼女が求めたもの、それは金でも男でもなく情報。

「この世界をどこまで掌握できるか」という独り遊びに興じている彼女は自分の地位を盤石

にすべくありとあらゆる情報を仕入れ手札にしようとしていたのです。

そんなある日のことです、彼女は不思議な力の湧き出る島があるという情報を聞きつけました。

普通の人間からしたら眉唾物《まゆつばもの》の噂《うわさ》でしたが古来より呪術的《じゅじゅつてき》なものも生業《なりわい》の一つにしていたエヴァ。可能性の臭いを嗅《か》ぎ取った彼女は早速調査に乗り出します。

結果は……大当たり、説明のつかない異常な磁場に似たものを放出している箇所を見つけた彼女は、あることを思いつきました。

「この島を中心に私が大統領の新興国を建国しよう、この力を解明すれば面白《おもしろ》いことを独り占めできる」と。

今のエヴァを止められる者は皆無、トントン拍子でことは進み、かくして一介の占い師は新興国の大統領にまで成り上がったのでした。

一国の王となった彼女はその不可思議な力を研究すべくコネを使い有能な人材をかき集め始めます。

有能すぎ&自由すぎで鼻つまみ者だったリーン・コーディリアを所長に据《す》えコーディリア研究所を設立。

調査により未知の力が太古から「魔力」と呼ばれる代物であると知ったエヴァはそれはもう心が躍りました。「こんなにも面白い手段で世界を掌握できるなんて」……と。

うまくいけば永遠の命も夢ではない、その時のエヴァはもう楽しくて楽しくて仕方がなかったようです。

そんな順風満帆の彼女の航海に突如暗雲が立ちこめます。

誰かの邪魔でもない、それは自分の体……老いてなお血気盛ん、若さも手に入れられると思った矢先に彼女の体が重い病に蝕《むしば》まれていることがわかったのです。

それは現代医学をもってしても治せない難病。

さすがの彼女もへこみましたがすぐさま気を取り直し行動に移ります。

「これは神様の試練ね、私がこの世界の神になれるか見極めるための試練。オッケィ頑張っちゃうわよ！　めざせ不老不死！」

彼女は魔力の研究を世界掌握ではなく自分の治療のためへ舵を切り替えました。

自分と同じ病気に苦しんでいる少女、石倉麻子……その治療法を模索している学者である石倉仁《じん》を研究所に招き入れ、さらには世界の環境問題などを解決する一大プロジェクトを立ち上げ有能な人材を集めました。その中にもアルカやユーグ、瀬田《せた》といった人間がいたのです。

表向きには「地球の温暖化防止のためのレアメタル確保」「食糧難の回避」「自然災害の抑制」「難病の治療」をお題目として……しかしその実態は「隕石《いんせき》による無差別攻撃」「経済制裁を受けた時用の兵糧の確保」「降雨による飲料水の確保及び他国への水害攻撃」「自分のための治療法を見つける」と全てがエヴァ大統領のエゴによるものでした。

そんなエヴァは異世界に転生してもイブとして精力的に活動し自らのエゴ、独り遊びを完遂するため今に至るというわけです。

夜半、プロフェン王国来賓施設前。

高級マンションを彷彿とさせるシンプルな来賓用宿泊施設の前にイブは昔に思いを馳せながら佇《たたず》んでいました。

「結局、当時は病気を治すルーン文字は完成しなかったけど、異世界転生で首の皮一枚繋がったのよね……ユーグちゃんや麻子ちゃんに感謝だわ」

彼女はいつものウサギの着ぐるみではなく麻子の姿で来賓館の中庭へと歩き出します。手に握り締めているのは謎《なぞ》の注射器。緑の内容物が怪しく光っており一目で危険なものとわかる代物です。

「その後にアルカちゃんがこっちの世界で治療のルーンを完成させたけど……魔王になって病気が治るどころか不老不死になっちゃったから不要になっちゃったのよね。結果オーライよん」

気持ちがたかぶっているのか独り言が止まらないイブが練り歩きながらほくそ笑む姿は少女の姿とはいえ不気味です。

「ただまぁ麻子ちゃんの体をずっと借りているのは予断許さぬ状態だし、正直ファンタジーな世界より向こうの世界でふんぞり返りたいのよね。最初に決めたこと未達成だとスッキリしないわ」

この世界を変わり果てた地球とユーグやアルカに吹聴していたのも彼女らをこの世界に足止めし全てを独り占めにするため……

「でもリンコちゃんがやる気を出しちゃったのよねぇ、困ったわ。子供こさえさせて元の世界に戻る気を失くさせたままでは良かったけど……母性に目覚めすぎるとあぁなっちゃうか」

向こう千年この世界を混乱させて自分を追えないよう企《くわだ》てていたイブ。しかしリンコは愛する娘や夫と住むべき世界を守るため、そして家族を酷《ひど》い目に遭わせたイブに仕返しをするため徹底抗戦の姿勢をみせている。

ピンチのイブ、しかしどこか楽しげです……麻子の可愛《かわい》い顔立ちに似合わぬ邪悪な笑みを浮かべていました。

「血が沸くわねぇ……向こうの世界じゃ楽しめる相手がいなかったもの。ここまできたらリンコちゃんの悔しがる顔を見てとんずらこきたいものよね。絶対お酒が美味しくなるゾ」

もう勝った気でいるイブ、人気《ひとけ》のない中庭を歩きながら手に握った注射器を弄《もてあそ》んでいました。

「対コンロンの村人用薬品……コンロンの村人のとんでもない力を無力化する特殊なルーン文字で作った最終兵器『ハンニャトウ』の出番ね」

対コンロンの村人用薬品「ハンニャトウ」。

知恵の湧《わ》き出るお湯、この世の理から外れたコンロンの村人が自らの不条理さに気が付き力を失うとされる薬湯……作ったのはユーグです。

おとぎ話の中にあるコンロンの村人をどうにかして無力化するためにユーグが必死になって開発した一品で「彼らが苦手とされている眉唾物レベルの薬草」や「魔を払うとされる銀粉」を煮詰め、アルコールに溶かしルーン文字を施した代物でユーグ曰く「コンロンの村人を無力化する唯一のアイテム」だそうです。

「これさえあればロイド君の捕獲は容易ね、まさかこんな取って置きを作っていたとは思わないでしょうね」

緑色に怪しく光る注射器を懐《ふところ》にしまうとイブは来賓館の方に足早に向かいます。見張りの部下に外すよう伝えてあるイブは堂々と侵入しました。闇夜に一人溶け込む少女の姿は幽霊のようで不気味です。

ロイドたちの部屋の近くに着いたイブは柱の陰に隠れます。

「そろそろユーグちゃんが作った光学迷彩パーカーを着込んで……」

だいぶ前、ロイドたちがユーグと初めて会った時に装備していた代物を身に着けるとイブは風景に溶け込みました。

「ふふん、これだけガッツリ姿を消したらさすがのロイド君も気が付かないでしょう」

この台詞をセレンが聞いたらなんて言うでしょうかね？「プークスクス、ロイド様ビギナーですわね」と上から目線であざ笑うことでしょう。

そうです、イブはさんざん人伝《ひとづて》にロイドの無自覚ミラクルっぷりは聞いていたのですが……正常性バイアスとでも言いましょうか、自分は他の人間と違って大丈夫だろう失敗はしないだろうという自信がどこかにありました。それはかつて大統領にまでなった成功体験が目を曇らせているに違いありません。

ええ、彼女は初めて知ることになります……大統領時代まで遡っても体験したことのない「ミラクル」、そして味わったことのない「畏怖」を超天然の朴訥《ぼくとつ》少年から。

光学迷彩で姿を消して気が大きくなったのかスキップしながら来賓施設の中庭を進むイブ。ロイドたちが宿泊している部屋の前へとすぐに到着しました。

「さーてロイド君はどこじゃいな～っと……あんれ？」

まだ光の灯《とも》っている部屋を見つけイブは何をしているのか気になったようです。

「起きている？　まさか酒盛りじゃないでしょうね、明日の会議の段取りでも確認しているんでしょ……真面目《まじめ》ねぇ」

いったいどんな風に自分を追い詰めるプランを練っているのか気になったイブはそっと部屋の中を覗《のぞ》き込みました。すると……

「赤ワイン&白ワインのチャンポン！　うおぉぉん！　私は一人紅白歌合戦よぉ！」

マリーがワインをひたすらがぶ飲みしていました。

（何やってんのコイツ）

イブは決戦を前にグビグビ呑《の》み倒す彼女に侮蔑《ぶべつ》の眼差しを送ります。イブだけではありません、酒飲みに付き合わされたサーデンやスレオニンも同じ様な目で彼女を見やっていました。

「あの……マリア王女、明日がありますのでこの辺で……なぁユビィ」

サーデンは妻であるユビィに同意を促しますが。

「アンバーワインうめぇ」

「ちょっと我が妻ぁ⁉」

実はイケる口のユビィさんは寡黙にチビチビと飲み続けています、顔色が変わらないタイプの酒飲みなのでしょう。これ相当酔っていますよ。

片やアンズは涙目で焼酎ロックをあおっています。

「何でだよぉ……何でアタイには良い人がこねえんだよぉ」

「まぁこういうのは出会いやタイミングですからな」

グチに付き合わされるスレオニン、顔から疲労の色がにじみ出ています。

「アタイに寄ってくるやつなんざドヤ顔のレンゲぐれーなもんだ、イブさんは友達だと思っていたのに利用するつもりだったなんてよぉ」

どうやらイブと仲が良かった彼女は裏切られたのが内心ショックだったようです。

（う～ん、生まれる世界が同じだったら良い友達になれたと思うけど……住む世界が違ったと

にしていいます。

あくまで自分は異世界からの来訪者と割り切っているイブですがちょっぴり申し訳なさそうにしていいます。

（しっかし思った以上にバカ……いえ、大物だらけね。特にマリーちゃんなんか一周回って愛くるしいわ）

イブは胸中でそう呟《つぶや》くと愛すべき酒飲みのいる部屋を後にしました。

（さーてロイド君はっと……おっとこっちも？）

イブがロイドを捜そうとすると別の部屋の灯《あか》りが目に飛び込んできました。

（まさかこっちも酒盛り？　残りはだいたい未成年のはずなんだけど……）

気になるイブはひょっこり窓から顔を出し覗いてみました。

するとそこにはセレンたち、そしてレンゲとメナが向かい合わせで座っています。パジャマを着込んで寝る前にお茶をしているみたいですね。

しかし、一人レンゲだけ何やら様子が違っていました、お酒を飲むようにグイグイお茶をあおるとグチを垂れ流しているようです。

「なんかアラン殿との仲が進んでいる気がしねーべ……停滞？　むしろ後退？」

どうやら恋愛相談をしているようです……と言ってもその場のノリとはいえアランとレンゲは結婚式を済ませていますので恋愛相談とはちょっと違うみたいですが。

「わかりますわ、ちゃんと恋愛としてのプロセスを踏めなかったが故《ゆえ》に消化不良な感じで漠然とした焦《あせ》りを感じているのでしょう?」

セレンの「わかります」発言、どの口でと言いたいですが的は射ているようでレンゲも「んだんだ」と首を縦に振っています。

「で?　その肝心のアラン殿は今どこいんだよ?」

「明日の会議がプレッシャーで早々に布団《ふとん》にくるまってしまったべ」

「……ただのヘタレ……まぁ相手が相手だし」

王様たちと首をそろえて悪事の糾弾ですし、その反応が普通なのでしょうから勘弁してあげてください。

「結婚式は挙げたんだから焦ると逆効果じゃないの、特にそういうタイプのヘタレさんにはさ」

さらりとフォローするメナ、しかしレンゲは納得する素振りこそ見せますが過激な発言を繰り返します。

「たしかにメナさんの言うとおり焦る必要はないべな、同棲にこぎつければこっちのもんだで明日中にでもスレオニンさんの外堀を埋めるつもりで焦らずいくだよ」

メナは「それ焦っているよね」とツッコもうとしましたがレンゲの目が余りにも真剣だったのでその言葉を引っ込めました。

その言葉を盗み聞きしていたイブは悲しい顔をします。

（え？　私の悪事の追及は二の次なの？）

追及されないなら嬉しいけどそれはそれで寂《さび》しいなと複雑な心境のようです。タレントが「ＳＮＳなどのコメント欄に誹謗《ひぼう》中傷を書き込まれるのは辛いけどコメントがないのもそれはそれで辛い」と思っている心境と同じなのでしょう。

レンゲは飲み干した紅茶のカップをカタンとソーサーの上に置くと話題を変えます。

「んで、ロイド少年との進展はどうなってるだ？」

「「「なぁ⁉」」」

そのリアクションを見てレンゲはエレガントさとはほど遠い悪い顔で女性陣の顔を見やります。

「けっこう気になってるんだべ、アンズとかと話すときも結構な頻度《ひんど》で話題にあがるしなぁ……ぶっちゃけれ、パジャマパーティでねか。イブなんちゃらの悪事よかよっぽど追及しがいがあるだよ」

（え、私は二の次どころか三の次扱い？）

これにはイブさんかなりショックのご様子です。まぁ無理もありませんよね。結婚相談＞恋バナ＞希代の大悪党なのですから。

「ほれ、白状するべ。士官学校でも気になっている連中は山ほどいるだよ」

どうやらレンゲ、士官学校では特別講師の立場からあまり根ほり葉ほり聞きにくかったよう

でここぞとばかり聞いてやろうと思っていた模様です。

「きゅ、急になんだよレンゲさんよぉ！」

「……気が早いと思う」

レンゲはたっぷり嘆息し呆れ顔になります。

「気が早いなんて言っとったら十代なんてあっという間だべよぉ……それに、おめら二人はもっと前に出ねーとセレンちゃんに負けるぞ。ロイド少年は『恋愛下手』でその手の話題が苦手なんだから、受け身でいると負けるべな」

セレンは「然《しか》りですわ」と余裕の態度です。

「よく言ってくれましたわレンゲさん。前に出続けた女の自負はあります、ぶっちゃけ勝ち戦ですわ」

リホとフィロは胸を張るセレンに半眼を向けました。

「前に出ているっつーか」

「……出過ぎて勇み足？」

勇み足――力士が押し出す勢いで先に土俵から足が出て負ける決まり手のことです。

まぁセレンの場合勇み足どころか土俵の外で一人場外乱闘している感は否めませんが。

（これが噂の女子会ね、なんつーか取るに足らないくだらない会話で「羨《うらや》ましい」わ……うん？）

自分が経験しなかった女子会を目の当たりにしてくだらないと言い切ったイブ。

しかしどこからともなく「羨ましい」という感情が湧き上がってきたことに首を傾《かし》げました。

（羨ましい？　なんで？　……あぁもしかしてもう少しで全てが終わるからちょっぴりばかりセンチメンタルな感情になっているのかしら？）

不思議に思いながらも「この場に用はない」とイブは部屋から離れていきます。

「……ん？」

フィロだけは妙な気配に気が付きましたが――

「つまり私とロイド様は運命の赤い糸で――」

「……それはない」

セレンの妄言に意識が向いてイブの気配をスルーしてしまったのでした。

女子の部屋を離れたイブはロイド探しに戻ります。

「ん～？　もしかしてトイレとか？　それなら好都合なんだけど」

だったら用を足しているところを背後から注射器をプスリ……でも大の方だったらどうしよう、個室から出てきた瞬間を狙おうか、イブがそんなプランを練っているところでした。

「ふぅ」

彼女は一人中庭の中央で佇んでいるロイドを発見しました。

「いたいた」イブはほくそ笑むと足音を消し背後に回り込もうとします。

（一人きりなんて大チャーンス！　でも何しているのかしら、中庭で用を足すキャラじゃないでしょうにっ！　なーんちゃってネ！）

ターゲットを発見しテンション高めのイブはウキウキでパーカーの中に隠した注射器を握りしめます。

ここで何をしていたか疑問は尽きないようですが千載一遇のチャンスとばかりに忍び寄りました。

――はい、イブはロイドのことを軽んじていました。コンロンの村の人間とはいえしょせんは「子供」、ボーッとしている今なら姿を消して近寄れば容易に処理できると……

「あれ？　どなたですか？」

「んげげ⁉」

しかし、ロイドは当たり前のようにくるりと振り向き気配のする方をじっと見ています。

呆《ほう》けているのかと思いきや俊敏《しゅんびん》に振り向かれ、イブはたまらず声を上げてしまいました。

（え？　気が付いた⁉　ボーッとしていたんじゃないの？）

驚いているイブにロイドはそっと手を伸ばします。

「なるほど、そうやって隠れていたんですね……どおりで見当たらないわけだ」

微笑むロイドの表情を見てイブは心の中で舌打ちをします。

（オーマイガッ！　誰かを捜している最中だった⁉　ボーッとしているように見えて注意深く

辺りの気配を探っていたのね⁉）

気が付かれた以上どうごまかすか頭の中をフル回転させるイブ。身体能力の差は歴然、組み敷いて注射器を打ち込むなど到底不可能……と即時に判断します。

（ここは癪《しゃく》だけど姿を見せてごまかすしかないわ、特殊な警備とか何とか言って）

イブは光学迷彩のパーカーを脱ぐと素顔をさらします。

闇夜に現れる令嬢のような姿の少女。

ロイドは彼女の顔をジーッと見やります。

（何コイツ、じっと見てくれちゃって……ってまさか⁉　私がイブだとバレた⁉　着ぐるみの中身だと⁉　臭いか何か⁉）

もうロイドのことを侮《あなど》れないイブは彼の一挙手一投足に疑心暗鬼、「もう常識では計れない」と身構えるしかありませんでした。

動揺する彼女を見てロイドは笑顔を絶やしません、しかし目の奥は笑っておらず真剣です。

そしてゆっくりと観念しろと言わんばかりの声音でイブに語りかけました。

「もう、バレてますよ……」

（ばれ⁉）

「だから隠さないで教えてくれませんか？　その方が尋問するのに手間がかかりませんから」

（尋問⁉　こいつ、可愛い顔してやる気⁉）

「あなたが……」

(気が付かれた、ここ百年以上自ら打ち明ける以外バレなかった私にこの少年がたどり着いたとでもいうの?)

「アザミの王女様ですよね」

(体は毎日洗っているから臭いで気が付かれるわけないのに——ってどゆこと⁉)

想定の斜め上の発言。百戦錬磨のイブは訳がわからず動揺しっぱなしでした。

「えっと? 王女って何の話……私はプロフェンの警備で……」

「こんな可愛い顔をした警備の人なんていませんよ、アザミの王女様」

「いや……王女って?」

歯切れ悪くそう答えるしかないイブにロイドはわかっていますよと言わんばかりの顔で頷いています。

「とぼけなくてもいいんです。もう全てわかっていますよアザミの王女様」

(わかってねえ! なんだコイツ⁉ あーもう何にも理解できていない人間の「わかっています顔」ほどムカつく表情はないわね!)

イブの呆れ顔など意に介さず、ロイドは「わかっています顔」のまま説教を始めました。

「透明になるアイテムでプロフェンの悪事をこっそり調査していたんですね、王様が言っていた通りだ……いくら正義のためとはいえ無茶しすぎですよ王女様」

（王女王女って本気で言っているの？　だとしたらマリーちゃんが王女だってマジで気が付いていないのコイツ⁉　どんだけ鈍いのロイド君⁉　あとどんだけアレなのマリーちゃん⁉）

一方その頃《ころ》マリーはというと……

「赤ワインと！　白ワインがあれば！　生きていける！」がぶ飲みするマリー

「よっ、さすが王女」合いの手を入れるユビィ

……肝臓が悲鳴を上げる無茶をしていました。

さっきの飲み方を思い出したイブは「気が付かないのもさもありなん」と瞬時に納得してしまうのでした。

（そうか、各国首脳会議に同行しているはずの王女が見当たらず探していたのね、マリーちゃんだって気が付かず……）

そしてすぐさま冷静になり状況を把握したイブは最善策をとる行動に出ます。

（姿こそ見られはしたけど「敵」と思われていないだけ好都合。しゃーない、ここは乗っておくか）

こうなった以上ロイドの勘違いに乗ることにします。隙を見つけて注射器を打ち込みさえすれば姿を見られたことも全部チャラにできる、そう判断してのことです。

「ええ、そうよ」

誰かを偽《いつわ》る時は、なるべくボロを出さないよう言葉少なに簡潔に返事をする……この手の騙し合いには慣れているイブ、セオリーを遵守します。

しかし「セオリー何それおいしいの？　セロリの一種ならポトフに入れて煮込んだら美味しそうですね」なロイド。イブの想像の斜め上の行動に出ます。

「そうよ、じゃないです！　僕は怒っているんですよ」

「うぇ⁉」

ロイドは王女様にマジ説教モードになっていました。

「一国の王女様ともあろうお方なんですから、正義感で動き回らないでください！　王様……お父さんも心配しているんですから……」

（ぶっちゃけ肝臓の方が心配よねあの女の子）

ついつい胸中で野暮《やぼ》なツッコミをしてしまうイブ。父親の心中察するにあまりあります。

「いくら透明になれたとしても僕でも気がつけちゃうんですから慎んでもらえますか？」

（いやいや、普通は気が付かないよ、普通は！　透明なめてない⁉）

根本的にズレているロイドにイブはツッコミが止まりません。

「危ないことは僕やマリーさんに任せてください。王女様は安全な場所で――」

（いやそのマリーさんが王女なんだから任せちゃダメでしょ）

心の中でツッコミ続けるイブは心労で額《ひたい》に汁が浮かんできます。いやぁ、完全にロイドのペースになっていますね。

「何か言うべきこと、ありますよね」

「ご、ゴメンナサイ」

「わかっていただけて嬉しいです」

屈託《くったく》のない笑みを浮かべるロイド、対してイブは「やりにくい」と口の端をゆがめて愛想笑《あいそ》いを返します。

「さぁ、明日も早いので早く休みましょう」

「ま、まってロイド君。中庭ですしもう少しお話しましょう、中庭ですし」

ここで引き下がったら振り回され損。この絶好のタイミングを逃すものかとイブは食い下がります。

ロイドも王女様の頼みを無下《むげ》にできないのか「少しだけですよ」と花壇の縁に腰をかけました。

彼の隣にちょこんと座るイブ。何とも言えない空気が漂います。

(さて、どうしたものかな?)

逡巡《しゅんじゅん》するイブは「まず会話で油断させるのがセオリー」と考えましたがすぐに撤回します。

そう、相手は無自覚少年。この数分でどれだけ振り回されたか……ゆえにちょっとでも気を抜いたらまたペースを乱されることは必定、セオリーではダメと考え直します。

（相手の得意分野の話題を振って饒舌になったところを……いえ、苦手なことで狼狽《うろた》えたところを狙いましょう。ちょうど良いネタ仕入れてきたばっかじゃない）

イブは先ほどの「ロイドは『恋愛下手』でその手の話題が苦手」という情報を思い出し、その話題で隙を作ることに決めました。

「ところでロイド君は好きな人いるの？」

「え？　え？」

急な恋バナに動揺するロイド、情報通りとイブは心の中でガッツポーズをします。

「王女として気になるのよね、ここだけの話で良いからさ〜」

畳みかけるイブはどんどん熱を帯びていきます……が、彼女は知りませんでした。姿こそ見せていませんが一度マリーが王女としてドア越しに告白して王女として振られた経緯を。

「あ、いや……王女様が気にしてくれるのは嬉しいのですが……付き合うお話は一度お断りしたかと思いましたが」

「え？」

「え？」

新情報の開示にまたしてもイブの畳みかけは止まってしまいました。

そして脳内では「話が変わる」とか「早く言ってよ」とか「マリーちゃん不憫《ふびん》」とか何とも

言えない感情がごちゃ混ぜになっています。

（マリーちゃんどういう経緯で告白してどういう流れで振られたの？　あの子前世で何か悪いことした？　私ですら大した罰受けていないのに？）

自分と照らし合わせて「実はあの子の前世、私より大悪党だった？」なんて勘ぐり始めるイブ。

ロイドはしどろもどろになりながら「王女様」に気を使った言葉選びをします。

「こうやって面と向かって言うのもアレですが……今は自分のことで精一杯というか……恋愛のことを考えていられないというか」

「あ、ハイ」

「でも一人の軍人として、貴方を守りたい気持ちは誰にも負けません。だから無茶しないでご自身の身を大切にしてください、僕が命に変えても貴方を守ってみせますから」

「……」

「約束します、必ず守り抜くと」

どことなく青春な感じの空気。

照れくさいのかロイドはそっぽを向いたまま頰を掻いていました……そうです、首筋がむき出しになっているのをイブは見逃しませんでした。

（これは……チャンス⁉）

紆余曲折《うよきよくせつ》あったけどこの注射器を打ち込めば茶番もおしまい、ロイドのペースに散々巻き込まれ心労がピークのイブは早く切り上げたい一心で注射器を握りしめました。

（さんざん人を引っ掻き回してくれたけど！　これで終わりよロイド少年！）

躊躇《ため》うことなく注射器を突き立てんとするイブ。しかし――

「うん？」

プルプルと突如イブの手先が震えだしおぼつかなくなりました。

（どうしたの⁉　まさかこのタイミングで発作⁉）

麻子の好きなカモミールやハーブの類でしっかりと内に眠る少女を抑えているハズなのに原因不明の急な発作に戸惑いを隠せません。

混乱する様子にロイドは気が付きイブの方を向きました。

「あの、どうかしましたか？」

どうかしたのか聞きたいのはこっちの方と動揺しているイブの手元に握られているは不穏な注射器。ロイドはそれをひょいと奪い取ります。

「あ……」

ロイドは大きな鼻息を付くと悪いことをしようとした子供を叱るような態度を見せます。

「こんな武器があるから悪事の調査もへっちゃらと言うんですか？　だとしても危ないです、これは没収しますね」

「う、うぇ⁉」

いきなり切り札を没収され為《な》す術《すべ》の無くなったイブ、そんな彼女の肩をロイドはガッチリと掴《つか》みました。

「危ないことは僕が全部引き受けますから！　こんな物は使わないでください！」

「いやでもそれは……」

「あなたは僕が必ず守りますから！　いえ、守らせてください！」

そこまで言ったロイド、ヒートアップしていたことに気が付いて顔を赤らめ「スイマセン」と謝りました。

「ご、ごめんなさい……つい熱くなってしまって」

「あ、ハイ……」

「もう夜は遅いですから、早く休んでくださいね……では」

ロイドは恥ずかしさをごまかすかのようにスッと立ち上がり足早に去っていったのでした。

庭に取り残されたイブはそのまま座り込んでいます。武器を取られ誘拐《ゆうかい》する手段がなくなったから……というだけではないようです。

――トクン

驚愕《きょうがく》、動揺……それとは違う初めて経験する胸の鼓動にイブは首を傾げました。

「何よこれ……まさか……」

恋と思いついた瞬間イブは声を殺して笑い出します。

「恋？　私が恋ぃぃぃぃぃぃ⁉　冗談冗談！　人生で五本の指に入るジョークよこれ」

散々笑った後、イブは周囲を見回し光学迷彩のパーカーをかぶり直しました。

「しかし空振りか……まぁまだチャンスはあるわよね」

前向きに考え直し自室に戻ろうとするイブ……しかしあの胸の鼓動が実は本物だったことなど思いも寄らなかったのでした。

第三章

たとえば聞かれたら貯金額でもカードの暗証番号だろうと答えちゃう恋する乙女な状態

ベッドの上で上半身を起こしている私の横で秋月《あきづき》ルカ……アルカさんは嬉々《きき》として端末の写真を見せてくれました。

「ね、可愛《かわい》いでしょう」

「はい、そうですね」

「で、こっちがね——」

普段は口数が少なくクールなアルカさんですが、弟さんのこととなると途端に饒舌《じょうぜつ》になり朗《ほが》らかな表情を見せてくれました。

私もその写真を見ながら盛り上がり、これを切っ掛けにアルカさんとは意気投合。

アルカさんはたまに病室に来てくれるようになり「やってみたいデート」や「理想の彼氏」について語り合ったりする仲になりました。

あぁ、これが憧《あこが》れの「女子会」ってやつなのかなと考えると「楽しまなきゃ」なんて心焦《あせ》って夕飯前まで喋《しゃべ》ってしまうこともありました。喋りすぎて喉《のど》を痛めてしまった次の日はお喋りな自分が可笑《おか》しくて一人で笑ってしまうほど。

一番落ち着く大好きなカモミールのハーブティを飲みながら好みの男子について語るそれは楽しい時間でした。ただアルカさんは極度のブラコンなので地雷に気をつけなければならないのだけがネックですが……

というわけで、今日も研究に疲れたアルカさんが気晴らしがてら私の病室にお喋りしに来てくれたのでした。

私はアルカさんが見せてくれた弟さんの写真を手に取り呟《つぶや》きます。

「可愛いですね～それでいて性格もいいんですよね」

「見た目以上に性格がいいのよこの子、おもちゃとか私が散らかしても『踏んだら危ないよおねーちゃん』なんて言いながら片づけてくれて」

「良い子ですね～こんな子彼氏に欲しいなぁ」

次の瞬間、アルカさんの目つきが氷のように冷たくなりました。

「ダメ、ロイは私の。ていうか麻子《あさこ》ちゃんとけっこう歳《とし》離れているんだから無理でしょ」

「それを言うならアルカさんの方は歳が離れているどころか血が繋《つな》がっているじゃないですか」

アルカさんは少しだけアンニュイな表情を浮かべます。

「歳は離れていくばかりよ、あの子は永遠の八歳なんだもの……」

私は悪いことを言ってしまったとバツの悪い顔になります。

「ご、ごめんなさい」

「いいの、気にしないで」

アルカさんは気を使ってくれて朗らかな表情になります。

「まぁでも病気治して普通の生活に戻れば麻子ちゃんにはいい男が絶対寄ってくるわよ」

「正直軟派な人はあまり……」

「そうねぇ、でも悪い虫だったらあのお父さん……石倉《いしくら》主任が追い払ってくれるでしょう」

「例のヘビ睨《にら》みで……ですか？」

「そうそう、しかしお母さん似でよかったね、麻子ちゃん」

父の険しい顔を思い出し「アハハ」とごまかすしかありませんでした。

「軟派な人はご勘弁ですけど……そうですね、白馬の王子様が助けに来てくれるのは夢見ていますね」

一拍置いて私は窓の外を見やります、小鳥が木の芽を啄《ついば》み、青い空へと飛び去っていきました。

「私の悪いところ全部治してくれて、そのまま抱きかかえてくれる人を」

「いつか来てくれるよ、あきらめなければね……でも」

「でも？」

「ロイはあげない」

徹底したブラコンぶりに私は思わず笑ってしまいます。

「それは約束できません、私の王子様候補ですから」

「ふふん、だったら他《ほか》の王子様候補を探して君とくっつけてあげる……あーでもその前に石倉主任の審査を通さないとダメか、面倒ね。あの人白馬の王子様だろうと娘に近づく輩《やから》は斬馬刀《ざんばとう》で一刀両断しかねないからね」

アルカさんの冗談に私は病室に響くくらい笑い声を――


「うひゃぁ！」

素《す》っ頓狂《とんきょう》な声を上げ、イブはベッドから飛び起きました。

寝顔を見られぬよう、就寝時はいつも着ぐるみを着ているのですが中がもうグショグショになるくらいの汗をかいています。

気持ちが悪いのか着ぐるみの口から手を出してタオルを摑《つか》んでは中で器用に体を拭《ふ》き始めます。

息づかいは荒く、らしからぬ動揺をしているのが着ぐるみの上からでもわかります。そしてついには苛立《いらだ》ちを押さえきれないのか着ぐるみの頭部をぶん投げました。

汗だくで前髪はペシャンコ、顔は蒼白《そうはく》で今にも倒れそうな顔色でした。

よろよろと起き上がると洗面台に向かい顔を洗い始めるイブ。そして顔を拭かず「信じられん」といった表情で自分の――いいえ、麻子の顔を見やります。

でしょう。

夢は大体自分の気がかりなことや寝る直前の出来事、昔の思い出などが潜在的願望と一緒になって浮かんでくることが多いもの。このカテゴリなら今見た夢は「昔の思い出」に相当するでしょう。

しかし、それは「自分が体験したこともない昔の思い出」。しかもかなり鮮明で他人の記憶を覗《のぞ》き込んだような錯覚に捕らわれるほど……その気味悪さがイブの不安をかき立て目覚めさせてしまったのでしょう。起床時間より大幅に早く起きまだ外は薄暗いくらいです。

「もしかしてあれ……麻子ちゃんの記憶？　ここ百年以上なかった現象よ」

百年以上心神喪失し半ば封印されている状態である麻子、それをいいことに百年以上我が物顔で好き放題やってきたイブことエヴァ大統領。

何かの拍子で目覚めぬよう常に彼女が好きだったカモミールなどのハーブティで落ち着かせ時には頭部を強打し無理矢理鎮《しず》め百年あまり維持していた封印が急に綻びだしたことに恐怖を感じていることでしょう。

「意識が覚醒《かくせい》し始めている？　いったいなぜ？　夢になって現れたということは……麻子ちゃんの潜在的願望を刺激する何かが昨日あったの？」

「今の夢何よ」

しかし彼女の過去がフラッシュバックするような出来事に心当たりのないイブは「たまたま」と考えるしかありません。結構たくさんあったと思うのですが自分の興味ないことはすぐ忘れるタイプなのでしょう。

「うーん、経過を見るしかないようね……単純に百年以上憑依《ひょうい》したからそろそろ目が覚めちゃうとか時間切れ？　もうちょっとの辛抱《しんぼう》だから寝てて欲しいわね……よいしょっと！」

ゴッ！　ゴッ！　ゴッ！

イブは適当な机の角に数回頭を打ち据《す》えると血を流しながら笑い、そして自分を躾《しつけ》するように独り言ちます。

「何が貴方《あなた》を刺激したのかしらないけど、寝てなきゃダメでしょ私を撃った人殺しなんだから」

飛び散る血を適当にタオルで拭《ぬぐ》うと犯行現場を片づける殺人犯のような動きで床の血痕を拭き取ります。

「掃除完了っと……さて血も収まった頃《ころ》だし早めのお仕事行っちゃいましょうかね」

サラリーマンがネクタイを締め気を引き締めるかのようにウサギの着ぐるみの頭部を被《かぶ》りポーズを決めるイブ。そして軽くストレッチした後、部屋を出ていきます。

「頑張るわよん。なんせ今日は私を吊《つる》し上げようっていうケツの青い連中とやり合うんだから。いっちょ揉《も》んであげましょう」

横綱が出稽古《でげいこ》をしてやろうみたいな態度で腹をポンと叩《たた》いてからイブは意気揚々《ようよう》と部屋から出ていったのでした。

プロフェン王国大会議室。

鈍色《にびいろ》のカーペットが敷き詰められ艶《つや》消しの黒を塗られたシックな円卓を中心に据えたフロアには、淡い青の色合い美しい壺や訓辞を掲げたような額縁に抽象的な絵画などが飾られており、ファンタジーの城内と言うより高級ホテルやビルなどの貸しスペースのような現代的なビジネススペースのイメージでした。パソコンがあったらリモート会議でも行いそうな雰囲気の場所です。

そんな円卓に各国のそうそうたる面々が顔を突き合わせていました。

アンズやスレオニンあたりは強面《こわもて》さも相まって反社的な会合としか思えない様相です。「シノギ」だの「アガリ」だのそんな専門用語が飛び交っていそうですね。

「場合によっちゃ戦争か？　いつでもアタイはいけるぜ」

「まずは相手の出方をうかがいましょう……一応銃《じゅう》はありますので、もしもの場合はハジキます。効くかはわかりませんが」

失礼、もっと物騒なことを言っていましたね。

一方にこやかなのはサーデン……しかしアンズとスレオニンのせいで「これも仕事」と割り切って笑いながら人を殺すヤクザ幹部に見えなくもありません。護衛のユビィは冷酷有能な補佐といったところでしょうか。

隣にはレンゲとアラン……ずーっと緊張でおなかをさすっているアランはヘタレ若頭といっ

たところでしょう、レンゲはそんなアランに「しっかりするだ」と小声で脅し……いえ励まし
ています。
その間にはロイドとマリーのアザミ王国王様代理ペアです。さすがにこの二人は反社会的な
なにかには見えませんが……
「ヴぇぁ……飲みすぎて頭痛い」
この有様です。反社以前の「ザ・ダメ人間」の体現者マリー。彼女は二日酔いのまっただ中、
そして冷たい視線のまっただ中でもありました。
甲斐甲斐《かいがい》しいのはロイド。お水を用意したり背中をさすってあげたり王様代理の立場はどこ
へやら、介護する側とされる側の関係になってしまっていました。
「ある意味大物ですわ」
「セレン嬢に言われちゃおしまいだ」
「……ん」
いつもの面々も有事に備え後方に待機しています――まぁ有事と言ってもマリーがロイド
に変なことをしないかのお目付役的意味がありますが。
「ったく、こんなんであの人とやり合えるのか？　アザミの王女様はよぉ」
アンズの呆《あき》れ混じりの問いかけにロイドはフォローします。
「だ、大丈夫ですマリーさんはやる時はやる人ですから！　アザミ王国のピンチだって何度も

救ったことが――」

「ろ、ロイド君……大声出さないで……今、私がピンチ、ゲロりそう……」

「それはやっちゃダメですぅ！」

メナはサーデンの傍《かたわ》らで笑って見ているしかありません。

「アハハ、ある意味道化を演じてくれているし、これでちょっとでもイブ様が油断してくれたら嬉《うれ》しいね」

「うげぇ、油断したら全部出そう」

「……演技であって欲しいけどね」

ボケ役のメナですらツッコミに回らざるを得ないほど己《おのれ》との戦いに注力しているマリー。

そこに、本日の主役が登場します。

「やぁやぁ、もろびとこぞりて！　ウェルカムマイホーム！」

正面の扉がバタンと開くとエレクトリカルな音楽でも流れてきそうな女中さんのパレードが会議室になだれ込んできます。

「うお、なんだ？」

一糸乱れぬ整列行進する女中さん、そしてそのパレードの中央には胡散《うさん》臭いウサギの着ぐるみを着たイブが手を振りながら入室してきました。

いつもならお金かけてバカなことをするノリのいい王様とでも思ったのでしょうが……みな

実態を知ってしまった以上全てが胡散臭くてしょうがないみたいです。

女中さんは慣れているのか教育が行き届いているのか各国首脳のリアクションなど意に介さず淡々とお茶とお茶菓子を用意しました。

「はい！　ありがとさーん！」

イブが着ぐるみの口から手を出し指パッチンすると数名を残し女中さんは颯爽《さっそう》と去っていきました。

グッジョブと手を振るイブ、そして呆気《あっけ》にとられる一同。

これは統率力とインパクトを「恐怖」に換え主導権を握るイブの手法でした。「ここは私のホーム」「手下も教育が行き届いている」と強烈に印象づけることにより下手なことをできないと萎縮《いしゅく》させる狙《ねら》いなのでしょう。

呆気にとられる一同を見て着ぐるみの中でほくそ笑んでいるであろうイブ。

しかし、今日も彼は絶好調でした。

「いやーすごい綺麗《きれい》に整列して入ってきましたね！　僕見とれちゃいました！」

純粋に誉《ほ》めるロイド、策略や腹芸など全く理解できていない彼は子供のように感動していました。そして残った女中さんに尋ねます。

「これだいぶ練習しました？」

「え、あ、はい」

いきなり声をかけられ動揺する女中さん。ロイドは純粋に言葉を続けます。

「やっぱり、あの高さでお茶を淹《い》れるのは大変ですからね。毎日訓練しました?」

「えっと、週二で」

練習の内訳までついつい言ってしまう女中さん。コレじゃ怖さ半減とイブは頭を抱えてしまいました。

「主導権を握れたと思ったのに……この子やっぱりやりにくいわ」

着ぐるみの中でイブはロイドのことを恨《うら》めしそうに睨むのでした。


イブ・プロフェン。元の世界での本名はエヴァ。

高名な占い師の家系に生まれた彼女は何不自由なく育ちました。

そして家系の人脈と金、心理学などの培《つちか》った技術により他人の心理すら不自由なくコントロールできる術《すべ》を身につけます。

しかし、その効果を最大限に発揮するのは汚れた大人に対して……故《ゆえ》に純粋無垢《むく》、打算度外視で行動するタイプを苦手としていました。

そうです、政治家やマフィアすらも手玉に取ってきた彼女がもっとも苦手としているものの……それは「純粋な子供」。

まぁそうですよね、子供相手に自慢の心理学やメンタリズムを駆使する状況なんて皆無、せいぜい恋愛占いをしてあげるのが関の山。彼女は子供と戦った経験値がまったくないと言っても過言ではありません。

ゆえにロイド・ベラドンナはイブ・プロフェンの天敵なのです。

着ぐるみの奥からそんな天敵をイブは睨みつけていました。

（こっちの思惑も皮肉も腹芸もなーんにも通じない、何でも素直に受け止めてしまう……そのくせ斜め上の勘違いをするから、否応《いやおう》なく相手のペースに巻き込まれちゃうのよね）

まるで政《まつりごと》を知らない子供の王様に手を焼く宰相《さいしょう》。イブはさんざん振り回されて愚痴をこぼしていたユーグのことを思い出し心の中で陳謝します。

（ゴメンねユーグちゃん、あなたが言うようにこの子ヤッベェわ）

合衆国相手に渡り合ったときも新興国設立を反対していた連中を黙らせたときもルーン文字で隕石《いんせき》を落として国際問題に発展しそうになったときも、培った技術で危なげなくその場をしのいだエヴァ大統領――

その彼女は今、異世界で人生最悪最大未曾有《みぞう》の舌戦を迎えようとしており……逆にたかぶっていました。

（いいじゃない、いい、ルーン文字を独り占めして不老不死のまま元の世界を掌握《しょうあく》する計画……その最後の敵が私のもっとも苦手な「純粋な子供」だなんて。克服しがいがあるじゃないのっ！）

イブはほくそ笑みながらロイドにラスボスを見るような目を向けていました……一応、この人がラスボスなんですけどね。

　彼女は気を取り直すと自身の糾弾《きゅうだん》会議に挑みます。

　まずはロイドへの動揺を悟《さと》られぬよう腕を組みいつものおどけた調子で仕事を始めます。

「えーと今日の議題はなんだっけ？　ベストな味噌汁《みそしる》の具材についてだって？」

　その悪びれない飄々《ひょうひょう》とした態度で冗談を言ってのけるイブにアンズが憤ります。

「あぁ!?　何ふざけたこと抜かしているんだイブ様よぉ！」

（ほいほい、まずアンズちゃんは怖がっているわね）

　イブは冗談を言った反応でメディカルチェックをするかのように一人一人の心理状態を探っていきます。冗談に乗ってくるか、虚勢を張るか、怒るか呆れるか……

（いわゆるメンタリズムって奴《やつ》ね。まぁこんな手法で人の心を覗こうとする奴にロクなのいないんだけど、私とか）

　そうやって相手の心理を確認し自分に有利な状況に持って行きたいのでしょう。イブは問診する医者のように一人一人の顔を窺いました。

「イブ様、今日はそんな冗談を言う日じゃありません」

（是正するスレオニンちゃんは進行役ってところかしら？　私の悪事に関する証拠を出すタイミングを彼が握っている可能性は高いわ）

　続いてサーデン、彼は乗っかってきました。

「ハッハッハ、私は妻が作ってくれた味噌汁ならどんな中身でも飲みますよ。たとえ味噌が入っていなくとも！」

「あんた、それただのお湯だよ」

つっこむユビィに「ハッハッハ」と笑うサーデンはイブの方を見やります。

「ハッハッハ～！　まぁ妻なら許せますが他人に煮え湯を飲まされるのはたまりませんね。この気持ちわかります？」

「わかる～！」

声こそは笑っていますが目の奥は笑っていない彼を見てイブは胸中で感心します。

（さすがサーデン王、軽口を叩く余裕あるみたい。でもロクジョウは様々な事件で当事者だし家族も巻き込まれているから……気持ちかかりすぎかも知れないわね）

因縁の相手だからか、はたまた子供の前だからか若干《じゃっかん》前のめりと考えたイブはこの時点で崩しやすい序列を構築します。

（ふむ、順番的にはアンズちゃん、サーデン王、スレオニンちゃんの順で崩しやすいわね。一番やっかいなサーデン王がかかり気味なのは好都合ね）

戦略を組み立てたイブは続いてロイドの方を見やります。

（さて、ロイド君はこの場での冗談をどう捉《とら》えるのかしら？　お手並み拝見）

乗ってくるか、激高するか、その反応を確認し落ち着いて対応すればいくら純朴少年でも……イブがそう考えていると、ロイドがスッと挙手しました。

「あの」

「ん～？　何かなロイド君？　そんな畏《かしこ》まらなくていいのよ、味噌汁の具の話だし」

「あの、マリーさ……アザミの王女様が限界そうなので、ちょっと席を外してもいいですか？

あと一番近いおトイレを教えてください……」

「お茶菓子の甘い匂《にお》いが……うっぷ」

「どういう状況なのこの子⁉」

さっきまで黙り込んでどうしたかと思いきや……まさかの二日酔いにイブは動揺してしまいます。

(大事な会議でしょ！　まさか、あの後も飲み続けていたのこの子⁉　……苦手なタイプが増えたわ、後先考えない酔っぱらいね)

イブは冷静になると扉の外を指さします。

「えっと……扉を出て突き当たりを左よ」

口元を押さえるマリーにセレンとリホが肩を貸します。

「まったく世話が焼けますわ」

「セレン嬢に言われちゃ……以下略だぜぇ」

「す……すんません……ヴェェ……」

言葉少なに謝罪しトボトボと会議室から出ていくマリー、哀愁《あいしゅう》漂いすぎでした。

ロイドはマリーを見送ると苦笑しながらイブの質問に答えます。

「今欲しいのはシジミの味噌汁ですね」

「でしょうね」

会議をひっかき回そうと考えていたイブもコレには素で返事をしました。

そして純朴少年ロイドは流れで素朴な疑問をイブに投げかけました。

「ところで、何でお味噌汁の具を聞いたんですか？　今関係ありましたっけ？」

直球な質問にイブは苦虫を噛《か》みしめた顔になります。

（これだよ純朴少年は！　冗談とかおちょくりとか腹芸とかまーったくわからないでやんの！）

イブは深呼吸すると冗談の説明というかなり恥ずかしい行為をする羽目になります。

「堅い会議の雰囲気を和らげようとしたのよ。その方が皆円滑に意見を言えるでしょ、だから最初に冗談を言ったの」

ロイドは感心し尊敬の眼差《まなざ》しを向けました。

「そうだったんですか！　さすが一国の王様は考えることが違いますね！　……ちなみに何で

お味噌汁の具をチョイスしたんですか？」

（何この羞恥）

冗談を言った事に対する説明だけでなく内容の深掘りまでされるイブ、しかも底抜けに誉められ一周回ってバカにされている錯覚に捕らわれてしまいます。完全にペースを乱されていますね。

無自覚少年の波状攻撃にイブはもうたじたじでした。

困っているのは身内のスレオニンも一緒で……このままでは埒《らち》があかないと議題に入ろうとします。

「そろそろ本題に入りたいのですが、よろしいですか？」

「ええ、そうして頂戴スレオニンちゃん………感謝ッス」

スレオニン本人は助けるつもりはなかったのでしょうがイブにとってはバスケで言うところ「苦しい時間にタイムアウトを取ってもらえた」ような状態……本気で感謝するのでした。

もっともまだ試合すら始まっていないのですがね。

すでに第三クオーターを終えたレベルで疲弊しているイブは早く議題に入るようスレオニンに促すのでした。きっとリズムを取り戻したいのでしょう。

「今日の議題……もうすでにご存じかと思いますがイブ様、貴方が水面下で行っている悪事、それが看過できなくなったからです」

「記憶にございませーん」

即答するイブにアンズが詰め寄ります、バンと叩いた円卓が傾くかと思うくらいの勢いです。

「まだ何のことか言ってねーだろイブ様よぉ！」

「アンズちゃん、私は悪いことをしたことは一度もないのよ。何をするにしても何をしようとしても、いつでもどんな時でも私は正しいと思ったことしかしていないわ」

自分が悪いと思ったことは一度もない……悪気はないという開き直りな発言にアンズはますます激高します。

「ふざけるなよ！　アンタが極秘に出資したジクロック監獄じゃ囚人を使った人体実験が行われていたんだ！　囚人改造のマニュアルって動かぬ証拠だってあるぜ！　無関係とは言わせねえよ！」

「ちょ、アンズ様」

先走ってしまうアンズをサーデンは小声で制します……が、彼女は止まりません。

「何だよ！　動かぬ証拠だろ！　突きつけて終わりじゃねーか！」

「あーもう、ちょっと座ってアンズ様」

メナが立ち上がりアンズを座らせると耳元で彼女が犯した失態を説明します。

「アンズ様、切り札を先に切っちゃダメですって」

「何でだよ細目のメナちゃん、大富豪じゃねーんだぜ、切り札は切れるうちに切ってもいいだろう?」

自分の失態に未《いま》だ気が付いていないアンズにメナもサーデンもスレオニンもこめかみを押さえていました。

一方、イブは着ぐるみの中でほくそ笑んでいます。

(やっぱ切り崩すのはアンズちゃんで正解だったわ~。なるほどね、囚人の人体改造装置使用方法のマニュアルが切り札だったんだ……それだけじゃちょっと弱いかな? 後出しされたらそこそこピンチだったけどさ、先に知っちゃったらいくらでも対応できるわよ)

サーデンとスレオニンはおそらくちょっとずつ会話を交えここ一番で証拠を出して矛盾を指摘し切り崩していく……そんな算段だったと瞬時に見抜くイブ。

(この程度の追及なんて何度もかわしているのよ、小童ども)

相手のストーリーが見えたらそれに沿って言い訳を展開するだけ。

イブはゆっくり落ち着いた口調でまず謝りました。

「まずジクロック監獄に無断で出資していた件だけど、隠していてゴメンなさいね。そのせいで色々迷惑をかけちゃったみたいで」

「迷惑だぁ? よく言うぜ! なんでコソコソ出資する必要があるんだ?」

「いえね、国境を越え国際的な犯罪者を取り締まるジクロックに多額の出資をしていたのは加速する国際犯罪を憂《うれ》いてのことなのよ」

イブはアンニュイな声音に切り替えると続けます。

「ほら、私普段おちゃらけているから、こういう善行をしているのを公にするのって恥ずかしいのよね」

「な⁉」

なんて詭弁《きべん》をとスレオニンもサーデンも目を丸くします。

「しかしイブ様、ジクロック監獄で人体実験が行われカラクリ兵器が研究され、それが昨今の異様な事件に繋がっているのは明白ですが。このことを知らなかったと？」

イブは悪びれることなく「その通り」と頷《うなず》きます。

「そうね、『よかれ』と思い世の安寧《あんねい》のために多額の出資をしたのにそんな人体実験に使われていたなんて……チェックを怠り出資した私に非があるのは当然ね」

「あくまでシラを切るってんだな？」

圧をかけるアンズですがイブはへっちゃらです。

「ジクロックの監獄長ウルグドはあまりよくない噂《うわさ》はあったけど囚人をしっかり管理する有能な人間だったから……ほら、サーデン王も『困らされた』例のマフィア、あの連中の首根っこを押さえていたくらいだもん。貴方が手こずる相手をよ、そりゃ悪い噂があっても重宝するわよ」

「ぐ……」

痛いところを利用しうまく筋の通った言い訳にされサーデンは口ごもります。

そしてイブは「そんな連中をしっかり抑え込むのにお金は必要と思ったの」ともっともらしい言い訳を展開しました。

「マフィア連中を世に放ってはいけない……だから多額の出資を要求されても疑わなかったわ。それが人体実験に使われていたなんて私もショックなのよ」

自分も被害者の体でイブは言葉を続けます。

「さっきマニュアルって言っていたけどきっと囚人を兵器に変えて犯罪組織を作ろうとしていたのね。未然に防げてよかったわ、それだけが不幸中の幸いね」

「てめぇ……」

あくまで自分は無関係のスタンスに憤るアンズをフィロとメナが抑えます。

「……どうどう」

「ぐぬぬ」

イブ優勢、そんな空気の中ロイドが颯爽と手を挙げて彼女に質問をしました。

「あの、イブ様」

「………どうぞ」

ロイドを警戒するイブ、完璧《かんぺき》に事を運べている今いったい彼は何を言うのだろうと身構えます。

「では、イブ様は悪徳セミナーとの関与は否定するんですね？」

「え？　悪徳セミナー？」

急に出てきた謎《なぞ》のワード。いきなり見えない角度からフックを打たれたようなイブ。一度も出てこなかった「悪徳セミナー」という単語に動揺せざるをえません。

「えっと？　監獄の話よね？　なんで悪徳セミナー？」

ロイドは深呼吸すると一から説明しようとします。

「順を追って説明しますね。僕、メンタルを鍛えようと自己啓発のセミナー合宿に応募したら、そこが悪徳だったみたいで気が付いたら監獄に収容されていたんですよ」

（なるほど、わからん）

「普通は一般人が監獄送りにされているなんて出資者ならわかるはずです。合宿所だと思っていた場所が監獄だったなんて、僕は言われるまで気が付かないくらい巧妙な手口でした。それでも本当に関与はないと言い切れますか？　私腹を肥やすため出資していたのではないのですか？？」

（いやいや⁉　言われる前に監獄にいるって普通気が付くでしょ⁉　そっちの方がおかしくね⁉）

まず悪徳セミナーではないというところから説明しないといけなくなったイブ。着ぐるみの上から目頭を押さえ嘆息《たんそく》します。完全にペースを乱されていますね。

(わけわからん罪の言い訳まで考えていないわよ……)

しかも一番面倒なのはロイド本人がいたって大真面目《おおまじめ》という非常にやっかい極まりない状態。

(ロイド君の勘違いを利用して私を追い詰めようっての？　なかなかやるじゃない小童！)

賞賛の眼差しをスレオニンたちに送るイブ。しかし――

「えっとロイド君」

「悪徳セミナーってなんだい？」

(って君たちも初耳なんかーーーーい！)

なんと相手の味方であるスレオニンたちも初耳のようで困惑していました。

ロイドは真剣そのもの、イブを追い詰めようとします。

「イブ様が、ひいてはプロフェン王国が悪徳セミナーの件を知らなかったなんて思えません。本当のことを話してください」

本当のことと言われてもさっぱりのイブ、素直な気持ちで答えます。

「信じてもらえないかも知れないけど本当に知らなかったの。力になれなくてごめんなさい」

しおらしく答えるイブにロイドも「あ、そうなんですか」と食い下がる気を失います。

このやりとりを見てサーデンとスレオニンは眉根《まゆね》を寄せます。

「ここに来て素直な態度……優しいロイド君は責め立てにくくなる」

「直球に対して直球……さすが百戦錬磨のイブ様ですな、ロイド君の追及、その勢いを殺した」

イブの手腕を賞賛するサーデンやスレオニンなど各国首脳。

しかし、当の彼女は首を傾《かし》げていました。

（え？　なんで？　今私素直に謝ったん？）

驚いているイブ、そんな彼女にロイドが畳みかけます。

「ウルグド監獄長の悪事を野放しにしていたのはあなたの監督不行き届きではないでしょうか？」

「本当ね、何でもするから許して、このとおりよ」

イブは起立し姿勢を正したあと不祥事を起こし謝罪会見をするどこかの会長がごとく深々と頭を下げま……そして謝った自分に驚きます。

「どゆこと⁉」

「いえ、どういうことと申されましても……」

この奇妙な空気にメナがフィロに耳打ちします。

「なんか変な空気じゃない？　さっきまで辣腕《らつわん》やり手弁護士と計画的知能犯を足して二で割った感じだったのにさ」

「……確かに……何かがおかしい」

二人が小声で話し合っている中、じっとイブの方を見ていたレンゲが何かを見抜いたようです。

「これは……聞いたことがあるべっ！」

「何か知っているのレンゲさん」

レンゲは、どこかの司令のようなポーズを取ると目をキラリと光らせポツリ呟きます。

「これは、恋の波動。だからイブ様は素直になっただよ」

「……何言ってんの」

呆れ果てるフィロ、しかしレンゲは劇画的かつシリアスな表情をキープしたまま答えます。

「セレンちゃんに聞いたことがあるだ、甘く切ない風吹く水面のさざ波がごとく柔らかい波動……それが恋の波動だよ」

「出典元を最初に言ってよレンゲさん……真面目に聞いて損した」

「いやいや、よく見るべ感じるべ着ぐるみ越しに来るあのオーラさ」

ゴシップ雑誌レベルの情報源＆オーラを見ろというなかなか無茶な要求に額《ひたい》を押さえるメナ。

しかしフィロは素直にイブのオーラを見ようとしていました。

「………………ぬーん」

ただいまオーラ観測中です、しばらくお待ちください。

しばらく観測した後、フィロは突如目を「カッ」と開き呟きました。

「……恋やん」

フィロも断言してしまいました。

「え、ちょ？　フィロちゃん」

「……竹林を風が駆け抜け笹の葉が震える心地よい音色がごとく……これがセレンの言っていた『向こう側の世界』か」

「そっちは行っちゃダメなヤツだよフィロちゃん！」

妹が変な方向に成長するのを……というよりセレンに染まることはあまり快く思わないメナでした。一言、姉として当然だと思います。

さて、一部の人間が「恋」と見抜く中……イブご本人は全然全くこれっぽっちも認めようとはしませんでした。

（どゆこと？　どゆこと⁉）

人生で一度も本心で言ったことのない「誠心誠意の謝罪」「何でもする宣言」が自分の口から出たことに、さしものイブですら自分の言動に恐怖を感じていました。

（嘘《うそ》で何でもするとかは言ったことあるけど……自分でもわかる、これは「本心」！　何が起きているの私の体⁉）

混乱する彼女を前に、ロイドは彼女の言葉を「その場しのぎの嘘」と疑い追及の手を緩めません。

「ならば正直にお願いします！　囚人の人体実験、その主導はあなたではないんですか？」

「ハイ、そうです。私がウルグド監獄長に指示を出していました」

「「「え？」」」

ロイドが追及しただけでイブがあっさり白状したことに一同唖然呆然《あぜんぼうぜん》。

そして、白状したイブですら驚いているのは同じでした。

何か策があるわけでもないのに、ただただ白状してしまった……失言というレベルを遙《はる》かに超越、もはや「自白」の領域。

だんだんと自分の体が自分のものではないような気持ちの悪い錯覚に襲われイブは小さな嗚咽《おえつ》を繰り返していました。

いきなり「サスペンスドラマにおける崖に追い込まれた犯人」ムーブをし始めたイブにさっきまではぐらかされおちょくられていたアンズは苛立ち詰め寄ります。

「じゃあアレか？　さっきまでずっと嘘ついていたってことか⁉　監獄の悪事は全部アンタの指示ってことなんだろ⁉」

「そ、そんな訳ないじゃない。大体そんな指示出して私に何の得があるってのよん」

苦しく言い訳するイブ、話がコロコロ変わることにロイドが詰め寄ります。

「正直に答えてください、なんでそんな指示を出したんですか？」

「かいつまんで説明すると強力な兵隊を作って世界を混乱させるためです」

言い訳のしようがないくらい悪どいことを白状するイブにさらに唖然とする一同。

「えっと……違くて……」

もう言い訳の言葉が思いつかずイブは挙動不審になるしかありません。

さぁここに来て死霊術を悪用したカラクリ騎兵の目的暴露にサーデンは声を大にして追及します。

「ならば！　ロクジョウ王国の禁忌《きんき》とされる死霊術、それを囚人を改造した兵器に悪用するために我が国の上層部にマフィアを介入させ腐敗させた……やはり真の黒幕は貴方ということか⁉　我が妻であるユビィを人質に取ってまで！」

「……お父さん」

「お父さん」

初めて見る父親の激高に娘二人は驚いています。

動揺しているイブ、普段ならこの程度の激高はおちょくってかわすのでしょうが……

「し、死霊術ってなにかしら……おいしいのかしら？」

キレが全くありませんでした。

そこにロイドが割って入ります。

「今サーデン王が言っていたのは本当なんですか？　アミジンさんたちを利用した真の黒幕は貴方だったと⁉」

「うーん、実行犯は別にいて目的は違っていたけど自分の野望のためにそそのかしたのは確実に私ね。死体を操作する技術は兵器運用にも他人を利用するのにももってこいだし。その辺は実証済みよねサーデン王……ってはうぁぁぁぁ！」

口を押さえるイブ、しかしすでに遅し……サーデンは今にも殴りかかりそうでした。

「効果的でしたね、確かに間違ってはいない……だが人として間違っていることを――」

「サーデンさんよぉ、叩っ斬るのはあとでいいんじゃないか？　なんかよくわからねえけど盛大に白状してくれそうだしさ」

普段真っ先に刀を抜くタイプのアンズに止められサーデンは冷静になりました。

「ぬ……ふふ、そうですな」

悪い笑みを向けられイブは怒り心頭です。

「く……この……下に見られるのが一番イヤなのよ……」

イブが下に見られようが歯ぎしりしようが、ロイド無双は止められません。

「ジオウ帝国の件もお聞きします！　乗っ取ろうとしていた主導はユーグさんではなくイブさんだったんですか？」

「ユーグちゃんを潜り込ませて世界共通の敵にしようとしたわ。あの子はソウって男を偽の王様にして……ま、全部私がそそのかしたんだけどね。ユーグちゃんもソウってヤツもあなたのお兄さんであるショウマも全部私の手のひらの上でいい仕事をしてくれたってわけ――うぎゃあぁぁ何で黙っていられないの⁉」

「共通の敵ですか⁉」

「ジオウ帝国に皆の意識が集中していればプロフェンでこっそり悪事を働けるでしょう？　兵器の実験もできるしそのまま世界を滅茶苦茶にしてくれてもよかったんだけど……でもアザミ軍がうまく立ち回ったせいで国際問題に発展する前に叩き潰《つぶ》されて目論見《もくろみ》はパァ、でも世界を滅茶苦茶にする手段は山ほどあるしさほどへこんではいないけどねっ――ってここまでゲロったらへこむわぁぁぁ！」

とうとう机の上に突っ伏してしまうイブ、プルプルと震えきっております。

「もしや」

「ロイド君の問いかけには」

「正直に答える？」

「え？　そうなんですか？」

素っ頓狂な声を上げ普通に聞いてみるロイド。

「そうです………そうなの⁉」

一人で問答するようにテンパるイブは何がなんだかわからずロイドを恨むしかありませんでした。

（この男……いったい何をしたの⁉　この私が自分の意に添わずに、こんな……自白剤でも投与された？　それともコンロンの秘術？　新たなルーン文字？）

そんな感じで「何をした」とロイドを睨みつけるイブ。

彼が視界に入った次の瞬間でした。

――――――――きゅんきゅんきゅんきゅん！　きゅんっ！

「はうぁ⁉」

心臓がキュンとします。冷たいプールに準備運動もせずに飛び込んだかのような「下手したら死ぬ」ような心臓の動き……しかし体はサウナ上がりのように熱くなっています。特に頬《ほお》が上気しており乾燥機でも内蔵したかのような熱を帯びていて……さすがのイブも徐々に気がつき始めます。

（何よコレ……まさかまさかの…………恋ッスか⁉）

再度ロイドの方を見やると、彼の背景にはキラキラしたエフェクトのようなものがかかっていました。ソシャゲのガチャにおけるSSRのキャラ、いやそれ以上の輝きでした。

イブはそんなキラキラしたロイドを見て正直に「気持ち悪い」と思います。

しかし……彼女の脳味噌とは裏腹に体はキュンキュンしっぱなしです。

（な⁉　まるで心と体が別々になっちゃったみたいな――ッ⁉）

そこでイブはようやく気が付いた……というより思い出しました。自分の体がそもそも別の人間、石倉麻子のものであるということを。

（まさか、まさかよ……ロイド君に恋しちゃったっての麻子ちゃん⁉）

ようやくイブは「言われてみれば思い当たる節」が山ほどあることに気が付きました。

昨日ロイドに会ってからというもの、「鮮明な昔の夢」「白馬の王子様を待っている」「恋バナが羨《うらや》ましい」などなど……

そう、ロイドが切っ掛け。つまりロイドに恋をしたせいで麻子の意識が目覚め始めている予兆。

――それは即《すなわ》ち、麻子の体を借りているイブにとってタイムリミットが近づいているという意味を表していました。

「ふ、ふざけるんじゃないわよ！　ここまできて！」

「お静かに！」

「はい、ごめんなさい（はぁと）」

心の底から憤慨し大声を上げても別の心は正直に謝る……しかもハート付きで。

自分の思い通りにいかない体にイブは脂汗がにじみ出てきました。

そして周囲の人間もここにきて確信します。ロイドの質問にはなぜか絶対服従する……と。

「どういうことだ？」

メナは糸目を鋭くしてここまでの流れを考察します。

「恋の波動って言っていたから、もしかしてロイド君また女の子を落としたのかな？」

「なっちゃん、またって何かな」ニヤニヤ

「茶化すのやめてよお母さん」

余裕の出てきたユビィは娘をいじりメナは困った顔をします。

「しかしよぉ、女の子って感じじゃないだろ？　中身相当歳を食っているはずだぜ……イタタ」

「乙女はいつまでも女の子だべ、アラン殿……とはいえ」

サーデンもただの恋にしては異常な動きをしていると指摘します。

「本気で困惑し本心で問いかけに答える……まるで相反する二つの人格が争っているみたいだね」

アンズとレンゲは彼女の異常行動が恋のせいなのかと顔を見合わせています。

「恋とか言っていたけどよ、二重人格の片方がロイド少年に恋をしてもう片方に反抗してるって話かよ」

「そんな今日日《きょうび》ミステリ小説でもない二重人格のトリック？　ていうか二重人格なんだべか？」

憑依して乗っ取っている真実にすら近づかれイブは目に見えて焦ります。

「そ、そんなわけないじゃないッスか」

「急に敬語ですかぁ？」

アンズにニヤリとされさらに狼狽《うろた》えるイブ。サーデンやスレオニンも悪い顔をします。

「理由はどうあれ釣り糸を垂らしたらすぐ食いつく……いわゆる入れ食い状態」

「おいしくいただきましょうってヤツですかな？」

「な、なにかなその笑顔は……」

初めて怯《おび》えるイブに対しまずスレオニンが口火を切り質問します。

「イブ様にお聞きします、先日地方貴族のトラマドール氏がアザミ王国に卸しているワインに呪術的《じゅじゅつてき》なものを混入させた事件がありましたが……あれもイブ様主導ですかな？」

イブは頑張ってシラを切ります。

「し、知らないわよ～」

「ロイド君」

ロイドの背中をポンと押すスレオニン。訳もわからずロイドはイブに問いただします。

「そのところどうなんですか？」

「私がソウという人物にアザミを潰すよう焚《た》きつけたのよ。直接ではないけど間接的には私が仕向けたことね……ってまたしても！　またしてもぉ！」

「トラマドール氏はあの騒動で異形の怪物に変身したそうですが、それもあなたの差し金ですか？　……ロイド君」

「どうなんですか？」

「人体改造の実験台になってもらったわ、手に入れた魔王の力がどんな作用をもたらすのか。『被験者の罪悪感』を刺激することで強大な力を得るタイプで良い能力だったけど元が不摂生の塊《かたまり》みたいなおっさんだったからすぐ負けちゃったみたいね……うぐぐ」

何でも白状するイブを見て「こりゃ面白《おもしろ》い」とアンズも気になっていることを尋ねます。

「イブ様よぉ、アタイと仲良くなったのはハナから利用するためだったんだな？」

「そ～んなことないわよぉ！　普通に仲良くなりたかっただけ！　マジよ！」

力強く宣言するイブを見てアンズはニヤリとします。

「さぁロイド少年、あの性悪女の素性を暴いてやってくれぃ」

「えーと、本当のところどうなんですか？」

ロイドの問いにイブは恥ずかしそうに答えます。

「普通にサバサバしていて取っつきやすいから仲良くなったけど、あとから珍しい魔王の情報や魔王を封印使役するためのアイテムがあるって聞いて利用させてもらったわ。結果的に騙《だま》してしまったけど何もなかったら良いお友達になれたと思って正直心苦しいわ………あう」

「そ、そうか……」

意外な本心を聞けて思わず照れてしまうアンズ。イブも心なしか恥ずかしそうです。

「……照れてどうする」

フィロにツッコまれるアンズですがいつもの威勢はありません。

「お、おうスマン、正直ハズいわ」

思わず場がほっこりしてしまいますがそれどころではないイブ、自分がロイドに逆らえない状況に危機感は最高潮でした。

（マズイマズイ！　ゲロマズよ！　このままじゃマズイ！）

そう今のイブ、ロイドに「全ての罪を洗いざらい白状して投降しろ」とでも言われたら恐らく逆らうことなく従ってしまうでしょう。彼女にとっては戦慄《せんりつ》ものです。

（この色ボケ本体！　かくなる上は——）

憑依している側なのにこの態度、感服です。

そんなイブ、アンズの件でちょっぴりほっこりしているこの状況を見逃しませんでした。

「ちょっとタイム！　失礼するわ！」

「あ、ちょ、どこ行くんですか⁉」

「トイレ！　っと違うわ！　お花を摘みによ！　根こそぎ摘んでくるから時間かかるわよ！」

それだけ言い残したイブはスタコラサッサと会議室から逃げ出していったのでした。

「逃げたよ⁉　追ったほうがいい？」

立ち上がるメナにスレオニンとサーデンが着席するよう促します。

「いやその必要はないでしょう。ここは彼女の本拠地、逃げ出しようがないのですから」

「大体の悪事を認めたようなものですからね……まったくロイド君には驚かされる、どんなミラクルを使ったんだい？」

感服するサーデンに自覚のないロイドは首を傾げるしかありません。

「え？　ミラクルですか？　なんか変な感じでしたけど……」

恋されていることなんか微塵《みじん》も感じないロイド。メナは彼を見て「まったくこの子は」と父と別ベクトルで感服していました。

色々とすっきりしたアンズは剣をドンと床について楽しそうに笑っていました。

「さてさて、イブ様は逃げて行ったけどよぉ……このまま逆ギレして暴れたらどうするよ」

「もう言い訳できないくらい叩き潰して引導を渡すのがエレガントじゃない？」

「まったくどこがエレガントだか、まぁ痛い目見てしばらく反省してもらうが筋だよな」

血の気の多い自治領の二人にフィロは呆れ交じりで笑っています。

「……わかりやすくて好き」

悪党を追い詰めて実力行使できることが嬉しそうですね。

「さぁイブ様よぉ、最後だぜ」

やる気のアンズ、一方ロイドは別のことを心配していました。

「イブさんも気になりますがマリーさん大丈夫かな？」

他国のお城に粗相をしていないか心配するロイド……ほんとお母さんみたいな心配をされてマリーは少し反省するべきですね。

その頃、酒を全て吐き出したマリーはセレンとリホに支えられて情けない姿でトイレから出てきました。

「これだから王女と思ってもらえないんですよ」

「ヴェエ……」

「嗚咽で返事するなっての。ったく……ん？　ところでアタシらどっから来たっけ？」

急いで来たので道を忘れたリホは辺りをキョロキョロと見回しました。

そこに白衣の男性が通りすがりリホたちは声をかけます。

「あーそこの人、すんまっせん」

「ちょっと道を教えてはいただけませんか？」

振り向いたのは長身痩軀《そうく》、ヘビを思わせる鋭い目つきの……はい、ヴリトラでした。

心なしか疲れているような表情の彼でしたがセレンらを目にしたとたんギョッとし目を見開きました。会いたくない人間に出会ってしまった……そんな感じの顔つきです。

「ん？　もしかして……」

「え？」

挙動不審になるヴリトラにリホは何かを察したような顔になりました。

「脅かしてすんません。こんなお城でぐったりした人間見たらそんな顔するのも無理ないわな」

「ただの酔っぱらいですので、吐くだけ吐いて胃の中はすっからかんのはずですのでご心配なく」

「ヴェッス……」

嗚咽で相づちを打つマリー……少なくとも大丈夫ではない気がしますが。

ここで会うとは思わなかった顔を見たヴリトラは狼狽えるしかありません。

そんな機微など気にしていられないのかリホはマリーの背中をさすりながら大会議室の場所を尋ねます。

「あーっと、そこの白衣の人、急いで来ちゃったから道をど忘れしてさ。大会議室だったかな？　それどこすか？」

動揺しているのか少し震える手つきでヴリトラは廊下の奥を指さしました。

「ここを真《ま》っ直《す》ぐ行って二つ目の角を右だ」

「あーそうだ！　あっちだった気がする！　恩に着るぜ白衣の人！」

頭を下げるリホにヴリトラは軽く会釈します。

そんな彼の顔をセレンはジーッと覗き込んでいました。

「ジー……」

「おいセレン嬢、何やってんだよ」

セレンはリホに咎《とが》められてもヴリトラの顔を見続けています。

「な、なにか？」

「あの〜、どこかでお会いしたことありませんでしたか？」

リホは嘆息しセレンの肩を叩きます。

「何言ってるんだよ、ここはプロフェンだろうが。おまえ初めてこの国に来たんじゃなかったのか？」

「すみません、何故《なぜ》かものすごく懐《なつ》かしい雰囲気を感じたものですから」

ヴリトラは何とももどかしい顔になります。正直に話してしまいたいが娘が人質になっている今下手はできない……と。

「……」

「ほら、困ってるだろ」

リホに促されセレンはしずしずと頭を下げました。

「あ……すいませんでした、急に変なことを言ってしまって」

「い、いえ」

ぎこちないやりとりをする二人。そこにドタバタと荒ぶる足音を立て誰かが走り込んできます。

「な、なんだ？」

「ヴェ……揺れて気持ち悪い……」

はい、走り込んできたのは例のウサギの着ぐるみを着たイブでした。

「んぎゃー！　逃げ～ろ～！」

キュムキュム！　どったどった！　と大股開きで駆け抜けていく着ぐるみに一同視線を奪わ

れます。

「あれはイブ?」

「何かから逃げている感じでしたわね……ていうか逃げろとか言っていましたし」

「何が起きたんだよ⁉　とにかく戻るぞ!」

気になるリホとセレンはマリーを引きずり大急ぎで会議室へと戻っていったのでした。

「ヴェァァァ!　何が起きたの⁉　足が燃えちゃうぅぅ!　ヴェァ!」

何が起きたと摩擦《まさつ》に悶《もだ》えて去っていくマリー、そして何が起きたのかわからないのはヴリトラも同じでした。

「さすがセレンちゃんと言うべきか……まさか私に気がつくとは。いや、それよりイブはどうかしたのか?」

セレンに感心しつつも異常に慌《あわ》てて走っていったイブが気がかりのヴリトラは彼女を追いかけます。

「ロイド君がミラクルでも起こしてくれたのか?　それにあっちは研究室……まさか⁉」

いやな予感がよぎるヴリトラは足早に彼女を追いかけるのでした。

イブはロイドたちから一目散に去っていくと研究室へと猛ダッシュ。角という角をドリフトで曲がり階段という階段を一段飛ばしで駆け抜けていきます。

「とうちゃー！　く！」

研究室にたどり着くや否《いな》や、イブはウサギの着ぐるみの頭部を床に投げつけると自分の顔を思い切り殴りつけました。

「そいっ！　あ痛っ！　あーもう、そいそいっ！」

何かに取り憑かれたかのように一心不乱に自分を殴り続けるイブ。恐怖を振り払うよう痛みに耐えながら自分の顔を存分に殴りつけました。借り物の体である麻子の顔に青あざがクッキリでき上がってしまいます。

窓ガラスに映ったその顔を確認したイブは仕上げと言わんばかりに次は床に額を打ち据え始めました。

ゴッゴッゴッゴッゴッゴッ……

何度も何度も床に打ち据え額から血が流れ血溜《ちだ》まりができ……その血溜まりがビチャビチャ音を立てても頭を打つことをやめず……

「あふん」

バタリとへたり込み意識を失ってようやく打ち付けるのをやめました。殺人現場のような惨状、普通なら生きていない失血量です。

しかしイブはアルカたちと同類で不死身の存在。数秒間意識を失ったあと何事もなかったかのようにスックと立ち上がりました。額から血は滴っていますが顔のアザはもう消えかけています。

「はぁ……はぁ……もう大丈夫よね、治まったわよね」

イブは鏡を覗き込み自分に言い聞かせるかのように睨みつけます。

「一端《いっぱし》に恋なんかしちゃって私の邪魔をするなってのよ……そういうのは私が体からいなくなってからにしてちょうだい。だったら『ロイド君』なんてくれてやるわよ」

「ロイド君」という単語を口にしたとたん、イブの顔は一瞬で上気し「恋する乙女の顔」になってしまいました。イブの邪悪な雰囲気は薄れ麻子の柔らかな印象がにじみ出てくる顔つきでした。

「メスの顔ぉぉぉぃ！」

イブは頬を染めた自分の顔をぶん殴ります。ダイナミック自傷行為に事情を知らない人が見たらドン引きもいいところでしょう。

「っは～！　いった～……あなたはねぇ、人を一人殺しているのよ。そのくせに恋とかにうつつ抜かしているんじゃねっての！」

「――――ッ」

「えぇ？　私の方が間接的にたくさん殺している？　大人の事情よ！　――――って会話できている⁉」

自問自答ができるようになり、いよいよますます麻子の意識が覚醒し始めたと戦慄するイブ。

彼女は弱々しくよろめきながら研究室の最奥へと進んでいきました。

「おのれロイ……っと、名前を言ってはいけないあの少年んん……」

ロイドのせいでこのままじゃ体を奪い返されるのは時間の問題。一刻も早く麻子の体から脱出せねばと這々《ほうほう》の体《てい》で奥へ奥へと歩いていくイブ。

血を滴らせながらたどり着いた一室にはなにやら大仰《おおぎょう》なポッドのような物が中心に横たわり周囲は太いコードで埋め尽くされています。

薄く青いガラスの奥には眠っている女性の姿。何かの培養液に浸してあるようでコポコポと水槽のエアーのような音が静かな部屋に響いています。前衛的なオブジェだとしても何とも趣味の悪い生理的に受け付けない何かです。

イブはそのポッドに倒れ込むと血まみれの頬をべったり張り付かせ「うへへ」と気味悪く笑いました。可愛い顔立ちでの奇妙な行為はよけいおぞましく感じさせます。

そして起き抜けで目覚ましを止めるようなおぼつかない手でポッドの外側にあるボタンを雑に押すと外部がパージされ横たわる女性の全貌《ぜんぼう》が露《あら》わになりました。

艶《なま》めかしい肢体に艶のある白のロングヘアー……高貴な雰囲気を醸《かも》し出しモデルなんて言うのもはばかられるような気品を感じさせるのでした。

イブは「うへへ」と笑っています。

「あぁいいわぁ……私この体になれるのね。憧れのスレンダーかつロイヤルな……うへへ」

どうやらこれはイブの新しいボディのようですね。己の願望を叶《かな》えるべく欲望を込め一から作った素体……彼女、意外にコンプレックスがあったんですかね。

その悦に浸っているイブのいる場所にようやくヴリトラは到着しました。おびただしい血痕と血にまみれたイブの着ぐるみを見て仰天《ぎょうてん》しています。

「イブ……いったいこれは？　ここまで動揺するようなことでもあったのか⁉」

ヴリトラの声を聞いたイブは瞳孔《どうこう》を開いて絶叫します。

「やぁぁぁぁくそくを果たす時が来たわよ石倉仁《じん》！　麻子ちゃんの体！　今すぐ返してあげるわ！」

「いったい何が起きたか説明を――」

「私の役に立たない体なんて不要ということよ！　さぁ！　すぐにでもこの新たな体に私の魂を移す作業に移るわよ！　拒否したらどうなるかわかっているでしょうね！」

「いえ、まだ微調整が済んでいなくて……」

イブはヴリトラの胸ぐらを摑んで恐喝します。

「微調整なんざ試運転しながらやってみせるわよ！　それとも時間稼ぎ⁉　私への嫌がらせ⁉　早くしなさい！　あなたの娘の体がどうなってもいいっての⁉」

イブは激高し瞳孔を開いたまま床に落ちているドライバーを握ると自分の額に突き立てる

仕草《しぐさ》を見せます。

「き、貴様！　何をする！　やめろ！」

「不老不死で怪我《けが》はすぐ治るとはいえ脳まで達したらどうなるかしらね!?　知っている？　脳味噌怪我したら急に性格が乱暴になった実例！　麻子ちゃんどうなるのかしらね!?　やってみましょうか？」

恐ろしいことを言ってのけ、しかも実行しようとするイブ。自分の娘の体を傷つけられたくないヴリトラは「やめてくれ！」と声高に懇願します。

「それ以上娘の体を傷つけるな、見ていられない！」

目の端に涙をためるヴリトラを見てイブはニヤリと笑いました。

そして手にしたドライバーを指揮棒のように振るいヴリトラに指示を出します。ドライバーに滴った血が辺りに飛び散りました。

「手順は頭に叩き込んでいるわね、一回あのマンゴスチンみたいなマステマの実に魔王を封印する要領で――」

「わかっているからまずは血を――」

ヴリトラはイブの額をハンケチで止血します。

「あら優しい、そんなに優しくしても何も出ないわよ」

「娘の体だからだ！」

瞳孔開きっぱなしのイブはまた発作が起き始めたのか自分の顔を殴ります。

「父親の愛でまた……早くしなさいイシクラ！　早く！」

「言っておきますが最終調整はまだです。どうなっても知りませんよ」

イブはダイヤルや上下に動かすトグルスイッチが無数に付いた電気椅子《いす》のようなイスに座り頭に電極の付いた輪っかを装着すると静かに目を閉じました。

「ここで失敗したら麻子ちゃんの精神ごと壊しちゃうからね、しくじらないように」

ヴリトラは我が子の身を案じパチパチとトグルスイッチを入れ始めました。

「耐えてくれ麻子、もう少しの辛抱で悪魔から解放される」

祈るような気持ちでイシクラはダイヤルを回しだし、イブ——麻子の体は淡く光り始めたのでした。

「転送……開始……くふふ……くふふふ……」

消えるようなイブの笑い声が不気味に研究室にこだましました。

そしてこちらはイブ去りし後のプロフェン城大会議室。

セレンらも戻りサーカス団としてもしもの時のために待機していたメルトファンらも集まっていました。メンバー勢ぞろいですね。

しかし肝心のイブが不在、どうしたものか今後のことも踏まえ皆で相談しておりました。法廷で言うなら被告人逃亡で一時休廷といったところでしょうか。

　さて皆で真剣に今後のことを話している……と思いきやその中心ではセレンが難しい顔で唸《うな》っています。どうしたのでしょうか？

「なるほど、それは恋ですわね」

「んだべな」

「ならば極刑ですわね。ではプロフェン王国の王イブをどのように処すか皆さんで建設的に話し合いましょう」

　もっと別の建設的な話があると思いますが……かれこれこんな話をずっとしているようでマリーさんなんかぐったりしています。

　他国の王の処刑方法を考え出す危ない女でおなじみのセレンにサーデンもドン引きです。

「あのーセレンちゃん、一応他国のど真ん中なので物騒な発言はちょっと……」

　そんなサーデン王にセレンは躊躇《ちゅうちょ》することなく噛みつきます。

「ぬわにを仰《おっしゃ》っていますのサーデン王！　恋に国境はありませんのよ！」

　同級生のフィロとリホは一周回って悟りの域です。

「……ジクロック監獄にぶち込んだほうが良い」

「いい意味でも悪い意味でも政治家に向かないなコイツは」

　闇《やみ》献金などは受け取らなくとも過激な発言で物議をかもすタイプの政治家ですね、わかります。

ロイドはセレンの暴走を気にしないのかもう慣れているのか本題にヌルっと入ります。

「イブ様はどうしたんですか？　最後の方は改心していた気がしましたが」

ロイドからしたらこちらの熱い追及に折れた犯人というイメージだったんでしょうね。実情は全く違うのですが。

「話を聞いていると改心っていうかよぉ……」

恋をしてしまったが故に正直になってしまった――だとしても昨日今日で好きになっただけで百年以上企《くわだ》てていた計画をご破算にするような暴露を、あのイブがするとは思えず疑問が尽きないのです。

現場を見ていなかったリホは状況が見えず頭を掻《か》くしかありません。

そしてメルトファンたちもイブが逃げ出した理由に見当つかず首をひねっています。

「話を聞くに作物の素直さに感化され農業愛に目覚めた可能性も捨てきれないな」

「ヌハハ、筋肉に恋してテンション上がって気持ちよく白状した可能性も捨てきれませんぞ」

状況を全く見ていなかったとしてもぶれない二人にコリンは嘆息します。

「捨てろアホ……ま、話を聞くにウチも恋に一票や……ん？」

そんな中、考え込んで黙っているサタンに注目が集まりました。頭の上に乗っているカメのスルトが顔を覗き込んで尋ねます。

「ヘイ、どうしたってんだサタンよぉ」

「あぁ……以前イブがなぜ弱いのか話題になったそうだが。その理由が見えたかもしれない」

アンズが興味津々《しんしん》でサタンの顔を覗きます。

「恋がどう関係しているのか是非ともご教授願いたいぜ」

「これは俺《おれ》の見解だが実はイブは――」

深まる謎にサタンが自分の気が付いたことを話そうとした時、遠くの方から得心したような声音で誰かが話しかけてきました。

「恋か……なるほど、あの焦りようも何となく見えてきた」

渋い声に皆が振り向くと、そこには白衣を着た長身痩軀の男が女の子を抱きかかえて立っていました。

白衣は血で汚れており、その女の子は頭を怪我している模様です。

「誰だオメー……血の匂いさせてここに来るなんざただものじゃねーな」

刀の柄《つか》に手をかけるアンズ……返答次第では問答無用で切り付ける、そう脅し文句を言おうとした時、サタンとスルトが剣呑《けんのん》な空気を吹っ飛ばすほど素っ頓狂な声を上げます。

「「うえぇぇぇ⁉」」

「っと！　どうしたんだよお二人さんよ」

気勢を削がれ肩を落とすアンズ、しかし彼女のことなど気にも留めず二人は白衣の男に駆け寄りました。

「石倉主任！」

「オーマイガッ！　イシクラさんじゃねーか！」

ヴリトラは二人を見ると懐かしそうに眉間《みけん》のシワの取れた顔で微笑《ほほえ》みます。

そんな二人に続いて他のメンバーが驚きだしました。

「イシクラ？　ってことは……ヴリトラさんですの⁉　なんで人間の姿に⁉　あの時ベルトから出て行ったんですの⁉　ていうかさっき一回会ってスルーしましたわよね」

セレンに詰め寄られヴリトラは申し訳なさそうに苦い顔をしました。

「ほんの数日前だというのに懐かしい圧力だ……っと、そのことを詳細に話している暇はない。気になるようなら後日書面で」

「ふむ、時間がないと？　その女の子のことも気になりますが……」

ヴリトラが抱きかかえる女の子の顔を見てロイドが驚きます。

「お、王女様！」

「「「「え⁉」」」」

「この人、アザミ王国の王女様ですよ！」

指さすロイドの言葉にマリーは鼻水と唾液《だえき》を盛大に吹き出します。

「をぼっふ！」

した。

「うわっ！　汚ねっ！」

王女らしからぬリアクションをリホに汚物扱いされ……可哀想《かわいそう》まっしぐらのマリーさんで

さて、もちろんこの中でマリーが王女と知らないのはロイドだけで、ヴリトラを含め全員

「何言ってんの」といった顔でした。

「いや、この子はアザミの王女ではない」

困った顔で告げるヴリトラ、ロイドはびっくりしています。

「え？　でも昨日の夜この子から『私は王女』って教えてもらって……」

マリーは「そんな一言で信じるのか！」と涙をボロボロ流しています。

「自己申告しただけで信じてもらえるなんて……どういうことっ！」

ハンケチーフをギリギリ噛みしめるマリーさん、涙と鼻水を拭かずにたれ流したままです。

「……ハナかめ」

「そういうところだよねぇ、アハハ」

フィロとメナに言われてマリーはようやくハナをかむのでした。

「で、話が見えないがこの子と何があったんだい？」

スレオニンの問いにロイドが答えます。

「えっとですね、昨日中庭でこの子が近づいてきたので『王女様ですか？』と尋ねたら『ええ、

そうよ』と」

「ほう……なるほど、読めてきた」

一人得心するヴリトラにセレンが詰め寄ります。

「一人で納得していないで説明してくださいまし、この子はどなたですの？」

「私の娘だよセレンちゃん、探し回ってようやく見つけたんだ……ごらんの有様だったがね」

言われて気がついたサタンとスルトは大きな声で懐かしみます。

「あぁ！　確かに麻子ちゃんだ！　プロフェンにいたのか！」

「俺のあげたグミをおいしそうに食べてくれたのが今でも目に浮かぶぜぇ」

余談ですがスルト……本名トニーはアメリカ系のカラフルかつ激甘なお菓子を会うたび麻子にあげるので看護師さんから注意されたこともあります。たまになら良いですが病人にたくさんあげるものじゃないですよね。

「じゃあヴリトラさんは麻子ちゃんを救うため単身プロフェンに乗り込んだと？」

「水くさいですわよヴリトラさん！　でもそれじゃ人間の姿になった理由がイマイチ……」

「本物ですの？」とベタベタ触るセレン、扱いは変わらないんだとヴリトラはあきらめた表情です。

「当たらずとも遠からずだな……そしてイブがおかしくなった原因にも繋がる」

「と、言いますと？　大変興味深いですな」

ヴリトラは一拍置くと娘の顔を見やり真実を伝えます。

「まずはイブ……この世界に来る前はエヴァ大統領だったというのは知っていますか？」

「まぁおおむね、にわかに信じ難《がた》いですが」

「えーっと」

ロイドたちはその辺に疎《うと》く困惑していますがサタンが話の流れを止めないよう「あとで話すよ」と促しました。

「あの日、死にかけていたエヴァは執念で私の娘に憑依しイブとしてこの世界で活動していた、全てを欺き何年も何年も……」

メルトファンはそこで納得します。

「あれだけの執念を持ちながら魔王として弱かった理由は心と体が違っていたから真価を発揮できなかった……ということですか？」

「おそらくな。そしてイブが急におかしくなった理由だが……ロイド君、君のせいだ」

「ふぇ？」

ヴリトラは複雑な顔をしてロイドを見やります。

「ロイド君に、きっと私の娘は恋をしてしまったのだろう」

「はい⁉」

ロイドは素っ頓狂な声を上げるしかありません。結構なことを言っていたのですがさすが無自覚少年といったところでしょうか。

「まぁ父親としてロイド君だったら申し分ないと思うが、足りないとしたら人生経験ぐらいだろう」

「ヴリトラさん……私の目の前でその発言はいささか配慮に欠けていますわよ」

あなたさっき他人の国でその国の王を極刑とか言っていましたよね。そっちの方が配慮ゴロッと欠けている気がしますが。

瞳孔開いて目がハイライトになっているセレンに詰め寄られヴリトラは腰が引けてしまいます。呪《のろ》いのベルトとしてセレンにパシられ——いえ、共闘したときの苦手意識が残りまくっているのでしょう。

「イブよりヤバさの度合い高いな……っと、それはさておき、ロイド君のおかげで私の娘は目を覚ましかけたということなのだよ」

「つまりロイド君に恋をしてイブ様の呪縛をこの子は解き始めたと」

スレオニンの見解にサーデンは合点が行った表情です。

「だからロイド君の質問には全力で正直に答えていたということか」

「私はその場に居合わせなかったがイブの慌てようや混乱ぶりから察するに相当だったのだろうとお見受けします」

続いてセレンの方を見てヴリトラは謝罪します。

「イブに娘の体を人質として取られていたんだ、従うしかなくてね……何も言わず去ってしまって申し訳ない、しゃざ――」

セレンは不敵な笑みを浮かべヴリトラの台詞《せりふ》を横取りします。

「謝罪は後日書面でですの？」

笑い合うセレンとヴリトラ、良い関係だなとサタンやスルトも顔を見合わせて笑います。

そこで気が付いたことをマリーが尋ねます。

「ところで、そのイブ様は今どういう状態ですか？　憑依が解けたとかまだ眠っているとか？」

「そうだ、そのことについて……もう時間はなさそうだ」

「時間ってどうしたんですか？　おっと」

ロイドに麻子を預けるヴリトラ。元部下のサタンやスルトが思い詰めた表情の彼を心配します。

「ヘイヘイ！　イシクラさん！」

「主任一人で何する気ですか？　ヤバいことじゃないでしょうね」

「ほう、わかるか？　サタン……いや瀬田《せた》よ」

サタンは昔の名前で呼ばれ鼻をこすります。

「どれだけ主任に怒られたと思っているんですか、そのくらいすぐわかりますって」

「ふっ、威張れたものじゃないな」

ヴリトラは簡潔に伝えます。

「今、イブは新しい体に乗り移ろうとしている。四人の人体改造や死霊術、魔王の力を封じるマステマの実など諸々《もろもろ》の技術を詰め込んで作成した特注のボディだ」

「死霊術に魔王の力⁉」

「マステマの実だと⁉　全てはこのためにアタイらをひっかき回していたってのかよ⁉」

「娘の体を人質に取られていたとはいえ、そのボディの完成を……私はヤツの悪事に手を貸してしまった。私が責任をとらないでどうするというのだ？」

ヴリトラはセレンに向き直り深々と頭を下げました。

「最後の頼みだ、娘を頼みます……我が主」

「ヴリトラさん……」

「さぁ、あの女がニューボディに完全憑依する前に倒さねば。抵抗されるだろうが馴染《なじ》む前なら勝機はある……私の命を賭《と》してでもヤツを止めて――」


『そ～れはどうかしらねイシクラちゃ～ん』


「こ、この喋り方は⁉」

「イブ⁉　なんで頭に響くんだ⁉」

館内放送のようなグワングワンとした声が脳内に響き一同気持ち悪そうにしています。どうやら彼女、直接脳内に声を届けているようです。

『よ～やく意識がはっきりしてきたわよ……あぁこの声？　今君たちの脳内に直接語りかけているのよ。そのくらいの機能は標準装備しているわよん』

うろたえる一同ですがヴリトラは「ユーグ、さすがだな」と制作者に敬意を表したあと毅然《きぜん》とした態度で叫びます。

「だが脳内に話しかけるということは！　まだ魂が新しい体に馴染んでいないようだな！　私もこの体に馴染むまで一、二時間はかかったからな！　今すぐに――」

『今すぐに止める？　あのねぇイシクラちゃん、娘さんの体を解放したら貴方が絶対手のひらを返すって私が読めないと思っていた？』

刹那《せつな》、パチンと何かがはじける音が聞こえました。

「ぬ!?　こ、これは!?」

そして突如ヴリトラの体が震え出しました。

『絶対反抗する貴方の体に私が何の細工もしないと思っていたの？　気が向いたら常に保険の

見直しをしちゃうタイプよ私』

悶え始めるヴリトラにセレンが駆け寄ります。

「ヴリトラさん⁉」

「――近づいてはダメだ！」

切羽詰まったヴリトラの気配を感じ取ったのか脳内にイブの愉快そうな笑い声がこだまします。耳を塞《ふさ》いでも聞こえてくる気味の悪い館内放送といったところでしょうか。

『そ～そ～、近寄らない方がいいわよん！　こんなこともあろうかと！　イシクラちゃんのニューボディには暴走コアを内蔵していたの。トラマドールがアザミにバラマいたやつの強力版ね』

「あのトラマドールのやっかいな呪術か……ってぬぉぉ⁉」

「きょ、巨大化だと⁉」

ヴリトラを助けようとしていたアランですが急に巨大になりはじめた彼を見て思わずたまげてしまいます。

巨大化と言われイブはいちいち解説を挟んできます、勝ちが見えてきたからか饒舌です。

『厳密に言うと巨大化とは違うわね。解放かな？　イシクラちゃんは蛇の魔王ヴリトラ、元々大きいし古典じゃ天にも届く柱の如《ごと》くなんて言われていたくらいだし制御がなくなればこのぐらいは大きくなるわよ』

リホはヴリトラと会った頃を思い出し舌打ちしました。

「じゃあ、あのダンジョンの地下で出会ったとき以上に大きくなるのかよ」

「……師匠も軽々吹っ飛ばしたあの巨体で暴走……マズいんじゃ」

徐々に皮膚が蛇の鱗《うろこ》に覆われていくヴリトラ。

彼は振り絞るような声でセレンに何かを伝えようとします。

「すまない……もう自我が保たないようだ……娘を安全な場所に……そして――」

「ヴ、ヴリトラさん⁉　気をしっかり持ってくださいまし！」

ヴリトラは続いてロイドやサタンに伝えます。

「遠慮せず私を殺してくれ……娘が生きていれば私はどうなってもいい……その願いが叶うなら――」

「そんな、そんなこと」

最期にセレンの方を見やるとヴリトラはフッと笑ってみせました。

「楽しかったよ……我がアルジ――ヴァアアアアアア！」

大きな叫び声とともに会議室の天井《てんじょう》を突き破るほどの巨大な蛇の姿になるヴリトラ。

天井は脆くも崩れ日が射し込み彼の黒々とした体表が鈍く光ります。

いきなり蛇のモンスターが登場したのです、訓練の行き届いた女中さんたちもヴリトラを見て大声で叫びました。

「ガッ！　ガァァァ！」

もう彼の意識はないのか大きな叫び声のする方を振り向き今にも襲おうとしています。

メルトファンが臨戦態勢に入るとすぐさま仲間に指示を出しました。

「コリン！　サーデン王やスレオニンさんを下がらせてくれ！　士官候補生たちは城内の人を救助する作業にあたってくれ！　……生半可な戦力じゃ、死ぬ」

こちらの状況が見えているのか、イブはウキウキで脳内に語ってきます。先ほどまでの劣勢、その鬱憤《うっぷん》を晴らさんとウザイ系のラジオＭＣばりに喋ります。

『さぁ！　かつての上司であり、この世界の仲間でもあった石倉仁ことヴリトラが敵になって立ちはだかる！　君たちは仲間の屍《しかばね》を越えて私の前にたどり着けるのだろうか⁉　乞《こ》うご期待！』

「くっそ、言いたい放題言いやがって」

「でも、ヴリトラさんを殺すなんて……」

戸惑うロイドの肩をサタンが優しく叩きました。

「ロイド氏は下がっていてくれ。こういう汚れ仕事は大人がやるもんだぜ」

しかしセレンが異を唱えます。

「殺すんですか！　仲間であなたの上司じゃありませんか⁉」

「最悪の場合はね……ここでたくさんの人を犠牲にするのをあの人は望まないだろうし」

そんな会話にもイブは脳内に茶々を入れてきます。下手糞《へたくそ》なMCが如くです。

『イイハナシダワー！　上司のお願いを出来の悪い部下が叶える！　涙が何ガロンあっても足りないわっ！』

さらに大きくなっていく城内の悲鳴、混乱の波は城外まで伝わりそうな雰囲気です。

「城下町が大混乱になったらあの女の思うつぼだ！　セレン・ヘムアエン！　救助にあたれ！」

「メルトファン元大佐……わかりました……」

無理矢理自分を納得させるセレン。

次にアンズが意見します。

「救助も大事だけどよぉ、イブ様を逃がしちまったら元も子もねーんじゃねーか？　そっちの方にも人員割かなくていいのかよ⁉」

そこにネキサムが筋肉を見せつけてきます。

「ヌハハ、アンズよ！　脳味噌まで筋肉の割によく気が付いたではないか！」

「んだと⁉　お前もじゃねーかって言いたいけどお前にとっては褒《ほ》め言葉なんだよな……」

メルトファンがアンズに「大丈夫」とサムズアップしました。

「大丈夫だ、その適役はもうすでに城内に潜り込んでいるからな」

「え？」

サタンも不敵な笑みを浮かべます。

「そう、あの人が強硬手段に出た場合の切り札……」

「そんな人がいるんですか？　いったい誰が？」

ロイドの問いにメルトファンはニヤリと笑って見せるのでした。

「君のよく知る人物だよ」


「やれやれ、無粋よね」

そんなのんきな声がポッリ、研究室に響きます。

「じらされるのと同じくらい、急かされるのも嫌いなのよねぇ。まだ髪の毛が乾ききっていないというのにホント困るわぁ」

声の主は二十代後半の女性、水商売の人間を想像させる妖艶《ようえん》な声音でした。

城内が大騒ぎしているというのにどこ吹く風、出かける前の身支度中かのような雰囲気でルージュでも引いているのでしょう「んまっ」と唇を合わせる音が聞こえます。

「んもう、体に馴染む前に無理やり動かしたから体中違和感だらけじゃない。ねぇわかる？　冬に外から帰って来てかじかんだ手や足をお風呂《ふろ》に浸けた時のような痛痒《いたがゆ》さ、あれが全身よ」

まるで恋人にでも話すような口調に反応したのか、柱の陰からゆっくり人影が姿を現します。

「だったらゆっくりしていればよかったのに。そうすれば苦しまずに死ねたのにさ」

褐色《かっしょく》の肌ににこやかな笑みを携えながら恐ろしいことを口にしたのはショウマです。

彼は腕を組み研究室の壁に背を預けると声のする方を見やっています。顔は笑っているけど目は笑っていない……まるで獲物を逃がさない猛禽類《もうきんるい》のような空気を纏《まと》っていました。

「あら、寝込み襲う発言？　コンロンの村人は村長に似て過激ねぇ……これでいいかな？」

殺気をビンビンに感じながらものんきな声の主は出勤する会社員かのように恐れることなくショウマの前に現れました。

長身スレンダーなモデル体型にスッキリとした目鼻。黒のメッシュが映える白のロングヘアーは見る者の目を奪います。

高貴な雰囲気が感じられるのは立ち振る舞いに自信が表れているからでしょうか。公務に赴くロイヤルなイメージを纏っています。

オレンジの差し色の入った黒のドレスに王冠のような飾りのついたヘアバンド、どれも時代に不釣り合いで近未来を感じさせますが不思議と似合っていました、きっと何を着ても似合う自信にあふれているからでしょう。

研究所の奥から現れた謎の美女は黒のサングラスの奥の煽情的《せんじょうてき》な眼差しでショウマを見やっていました。

そんな彼女にショウマは半眼を向けます。

「へぇ、ユーグ博士から聞いたアンタの印象とだいぶ違うね」

「そりゃそうよ、あの子と会った時は老婆《ろうば》で最近までウサギの着ぐるみを着ていたんだから」

彼女はそう言いながら恭《うやうや》しく一礼し自己紹介を始めました。

「というわけで、初めましてコンニチワ。プロフェン王国の王イブ・プロフェン。本名はエヴァだけど今まで通りイブでいいわよショウマ君」

「あ、やっぱ俺のこと知ってたんだ」

イブは愉《たの》しそうに笑みを浮かべています。

「そりゃそうよ。私の優秀な駒の一つだもの」

駒と言われショウマはギリリと奥歯を軋《きし》ませます。

「俺のことはどうでもいいけど……ソウの旦那、ユーグ博士もハナから捨てるつもりだったのか」

イブはフォローにもならない言葉でフォローをし始めます。慇懃《いんぎん》無礼、馬鹿《ばか》にしたような口ぶりでした。

「有象無象《うぞうむぞう》があふれる世の中、私に『使える』と思われるのがどれほどすごいことなのか……敬意を表して私の姿を見せてあげたんだから。初お披露目よ、光栄に思いなさいな」

「光栄とはずいぶんだね」

突き放すようなショウマの口調、しかしイブはグイグイと親しげに話してきます。

「その中でも君にはシンパシーを感じているのよショウマ君」

「シンパシー?」

「聞いたわよ、周囲との力の差に落胆して何もかも冷めてしまった経緯をね」

過去、コンロンの村を出たものの周囲の弱さや自分にすり寄ってくる人間に辟易《へきえき》したショウマ。そしてコンロンの村から出ようとしたロイドを同じ目に遭わせたくないと魔王を利用し世界を「歯ごたえのある姿」に変えようとした経緯をイブは知っている模様です。

「ユーグ博士辺りにでも聞いたのかな？」

イブは「そうそう」と人懐こい朗らかな笑みで答えます。

ショウマは彼女の懐《ふところ》への入り方を見ていっそう警戒心を高めました。ユーグもこの話術に心ほだされ身を滅ぼしたのだと……手数料目当てに味方のフリをして近づいてくる弁護士、投資を促すやり手ファイナンシャルプランナーを想起させる振る舞いでした。

イブはショウマが壁を作ったのを知ってなお自分語りを始めます。共感を得よう、そういう魂胆なのでしょうか？

「私もね、前はいろんな人間をアゴで使える不自由ない生活を送っていたわ。でも、欲しいものの大体手に入る環境って世の中がつまんなくなるのよね」

「まぁね」

「そして新しい生きがいを求め見出したところまで一緒。違うといったら、あなたは出来の悪い弟分のロイド君のために人生を捧げようとしたけど私は自分のために行動したことぐらいね」

動画配信者のノリで「世界征服を本気でやってみた」と志したイブ。魔力という存在を知りさらにエスカレートしていったのでしょう。幼稚な人間が無制限のクレジットカードを手にしたような振る舞いにさすがのショウマも嫌悪感を示します。

「途中までは共感していたけどやっぱ一緒にして欲しくないね。特にロイドを悪く言う奴はさ」

イブは「気を悪くしないでね」と静かに怒る彼をなだめました。

「でも今はあの子のこと認めているわよ。一流と比べたら格落ちかも知れないけど、それを補ってなお余りある奇跡の持ち主だもの」

ショウマの険しい顔が一転、裏のない朗らかな顔になります。ロイドを溺愛《できあい》する姿勢は悪党相手にもブレませんね。

「あ、わかる？　そうなんだよ、数字じゃ測れない凄《すご》さがロイドにはある……それが魅力なんだ」

急に打ち解けるショウマにイブも同調し、さっき起きた出来事を話します。

「わかるわよ〜、ついさっき人生で一番ってくらいに追い詰められたんだもの。銃で撃たれて死にかけた時と同じくらいのピンチだったわ」

「ロイドの魅力は銃で胸を撃ち抜くくらいズッキュンくるからね」

変な方向に話が進んでペースを握られているかのように見えますが、イブが手を動かし感覚を摑みかけているのをショウマは見逃しませんでした。

スッ……と、ショウマは血の気が引いたかのように顔色を変え戦闘態勢をとります。

「お喋りで時間稼ぎされて本調子になられてもやっかいだからね、そろそろ殺らせてもらうよ」

イブの方は顔色一つ変えずその殺気を受け止めます。

「あらバレた？　ん～まだ本調子とはほど遠いけどしょうがないか」

イブは背伸びした後、腰に手を当て余裕の表情で笑っています。

「準備運動の相手としてはちょうど良さそうだし、相手してあげるわよ坊や」

「ハハ、準備運動ときたか……熱いね！　楽しめそうで嬉しいよ！」

目を見開きイブに向かって拳《こぶし》を振り上げ駆け出すショウマ。

「コンロンの村人は私には勝てないのよ」

イブはそんな彼を見て余裕の笑みを浮かべ意味深なことを口にするのでした。


ショウマが来ている話を聞いたメナ、余裕ができてきたのか軽口を叩いて見せます。

「あの人か、おいしいところもってかれちゃうカナ」

「なら、ヴリトラさんを助けることに集中できるぜ！」

ここぞとばかりにアンズが刀を抜いて前に出ます。

「魔王だろうとアタイの斬撃は通じるはずだ！　自治領の長をなめるなよ！」

巨大な敵を相手に勇猛果敢《かかん》に斬りかかるアンズ。得意の秘術「葉桜」で身軽に宙を舞うと高所から縦一文字に一刀両断――――ガキンッ！

しかし、堅い鱗と分厚い皮膚に阻まれ斬撃は不発に終わります。刀を握った手が痺《しび》れたアンズは目を丸くして驚きます。

「っ！　堅いじゃねぇか⁉」

「肉厚にもほどがあるね、じゃあ魔法はどうかなっと！　ウォーターアロー！」

続いてメナが得意の水魔法で攻撃しますがやはりノーダメージでした。

「ぬぅ⁉　濃厚な筋肉を殴ったような感触！　防御特化タイプですな――ぐぉ⁉」

感心しているネキサム、そんな彼をめがけてヴリトラの尻尾《しっぽ》攻撃が炸裂《さくれつ》します。

「危ないネキサム！」

「ぬぅぅ！　タイガーガード！」

ネキサムは得意の秘術で体を硬化させ応戦しますが超質量の尻尾にあえなく吹っ飛ばされてしまいます。

「ぬ、ぬはぁぁぁ！」

ロイドとフィロはいったん救助の手を止め吹き飛ばされ宙に舞うネキサムを助けようとします。

「ネキサムさん！」

「……世話の焼ける」

ダッシュで追いつき間一髪城外落下でノックアウトを免《まぬが》れたネキサム、普段見せない申し訳ない顔で感謝します。

「か、感謝である……お礼に君たちには我《わ》が輩《はい》秘伝のヒップエクササイズを伝授しよう」

「……いらん」

ネキサムですら簡単に吹き飛ばされる様子を見てリホは舌打ちします。

「あの時以上に強ぇーなヴリトラさん……そういやロイドの知り合いだから手加減していたし、コレが本気なのか」

アランもあの時のヴリトラの猛攻を思い出しました。

「あの時は死ぬかと思ったぜ……あ、そういえばあの時は皮の剝《は》がれた場所にソウが攻撃して肉体が消滅したんだよな。アソコを狙えば……」

「アタシも考えたけどよぉ、残念ながらその箇所は見当たらねえ。完全無欠のヘビ魔王様だ」

一同が攻め倦《あぐ》ねている中、ヴリトラは悶え叫んでいます。

「ヴォォォォォ！」

「苦しんでいるね……さっきイブが罪悪感で凶暴化するって言っていたけど、何が罪悪感なんだろう？」

メナの疑問にサタンが自分の見解を答えます。

「きっと麻子ちゃんの件だ。彼女の病気を治すために奔走《ほんそう》してかまってあげる時間が無くなりギクシャクした関係になってしまったこと、今までイブに憑依されていたのを助けてあげられなかったこと、色々な罪悪感で苦しんでいるんだ」

「そんな、ヴリトラさんは今まで頑張っていたのに……」

我が事のように悲しむセレンは同情するような眼でヴリトラを見やります。

猛《たけ》る暴走ブリトラ、弱点のないアルカと渡り合った最強格の魔王に打つ手はないのか……そんな空気が漂い始めます。

「今からあのロリババアかお母様を呼び寄せた方がいいのでは……」

マリーはそう進言しますがサタンは首を振ります。

「それがイブの目的でもあるのでしょう。自分の体が馴染むまでの時間稼ぎと助けを求めさせ聖剣かコンロンの村どちらかの守りを手薄にすることが」

「俺たちが身内に手を出しにくいことを想定してんぜ、やりかたエグイさすがエヴァ大統領だ――ってウオォォ！」

一瞬気を抜いたスルトはヴリトラの尻尾攻撃に吹き飛ばされカメの体が宙を舞ってしまいます。たまらずロイドは駆け出し彼を助けました、背面キャッチ炸裂です。

「あ、危なかったですね」

「サンクス、ロイドボーイ！　アメフトの名レシーバー並みだったぜぇ！」

スルトが無事で安堵《あんど》するサタン、しかしヴリトラのすさまじいパワーに汗を滴らせています。

「主任やっぱ強いぜ……娘を救うって大きな夢を持って異世界に来たからな、そりゃ強いに決まっている」

大きな目標がある人間ほど異世界転移した時に強くなる……その仮説を信じそうになるサタン、自分はモテたいから勉強し環境問題に取り組んだ……ついつい自分と比較し弱気になり始めます。

「やっぱり第二形態になって本気でやり合うしかないのか？　でも、その先にあるのは殺し合い……」

加減はできなくなるだろうと躊躇するサタンをアンズが鼓舞します。

「オイオイ、ずいぶんと弱気だなサタンさん。上司の命令に奮闘するんじゃなかったのか？」

「アンズ氏、主任の発注はなかなかハードだぞ。あの人の罪悪感を和らげる手立てがあればいいんだけど……麻子ちゃんが目を覚ますとかさ」

攻めあぐねる一同、そこでセレンが前に出てきました。

「ヴリトラさん！　目を覚ましてくださいまし！」

「ガァァァ！」

しかしヴリトラはセレンの言葉に反応せず尻尾を振り回してきます。襲い来る瓦礫《がれき》をセレンはベルトで防ぎまだ説得を試みました。

「危ねぇぞセレン嬢！　下がってろ！」

リホが心配するもセレンは頑として聞こうとしませんでした。

「いいえ！　下がりません！　ヴリトラさんは私と長い間共に過ごしました！　きっと声は届くはずです！」

「でもよぉ、この状況で魔王相手じゃよぉ……」

暴走し見境なくなっている蛇の魔王ヴリトラ。暴れる彼を見てもセレンは決死の覚悟で説得を試みようとしていました。

「ヴリトラさんはヴリトラさんです！　私の声は必ず届くはずです！　それに伝えたいんです！　あなたは頑張っていた、罪悪感など覚える必要などない！　と」

狼狽えるリホの方を見てフィロが少し笑いながら首を振っていました。

「……あぁなったらセレンは人の話を聞かない」

「だよな……なんだかんだで付き合い長いからわかっちまうんだよなぁ……へへ」

リホも少し笑いながら嘆息するとサタンやメルトファンらに呼びかけます。

「メルトファンの旦那！　このままじゃヴリトラさんを殺すことになる！　だったらアタシはセレンの説得に賭《か》けるぜ！」

メルトファンも意図を汲《く》んで頷きます。

「元教官の立場上賭け事は勧めないが！　今日は許す！」

「だとよセレン嬢！　存分に説得しやがれ！　攻撃はアタシらが引き受ける！」

「……まかせれ」

頼もしい二人にセレンは腕を組んで不敵に笑いました。

「やっぱり、持つべきものは良い友人ですわね！」

そんな彼女にロイドもフォローせんとやる気に満ちております。

「セレンさん！　友人はここにもいますよ！　アシストはお任せください！」

ロイドの自信満々な友人発言に腕を組み不敵に笑っていたセレンは一瞬でヘコみました。

「こ、これは皆が友人と言っているから自分も友人と言わなければいけないと思った、いわゆる『同調圧力』という奴ですわよね！　そうですわよね！　そうですわよねぇぇ！」

それこそ一種の同調圧力じゃないでしょうか。

喚《わめ》くセレンの横からロイドに続いてアランも現れます。

「ボケッとすんなよベルト姫！　友人の厚意だぞ！　無駄にすんなっての！」

「あなたは友人ではありません、馴《な》れ馴《な》れしくしないでください！」

「おい！　温度差！」

「あなたは地方貴族の腐れ縁ですわ……さぁアザミ王国士官候補生チーム！　ミッションはヴリトラさんの説得ですわよ！」

セレンの号令にロイド達が応えます。お互い信頼した……関係性が分かる良い表情でした。

「さぁ、行きましょう！　アランさんリホさん！」

「了解だロイド！」

「行くぞヴリトラさん！　うりゃぁぁぁ！」

まずアランが切り込みました、雑に大振りに大斧《おおおの》を振り回しヴリトラの注意を引きます。

「グォ⁉」

続いて振り向いた顔面めがけ、今度はリホがミスリルの義手で魔力を増幅させた氷魔法をぶち当てます。

「へっ！　顔面をこんだけ冷やせばさすがのヴリトラさんもうっとおしいだろ！」

リホの目論見通り狼狽えているヴリトラ、その隙《すき》をフィロは見逃しませんでした。

「…………シッ」

悶え苦しむヴリトラに得意の手刀による斬撃をお見舞い。ヴリトラのもたげた鎌首《かまくび》が崩れ床に激突しズズンとお城全体が揺れました。

「……師匠、セレン……今」

フィロに促されロイドとセレンが顔を見合わせ頷き合います。

「行きますよセレンさん！」

「はい！　お願いしますロイド様！」

ロイドはセレンを抱き抱えるとヴリトラの背中を頭部めがけて駆け出します。

意中の男性にお姫様だっこをされたセレン。普段ならテンションアゲアゲの傾染めモードに移行するところでしょうが。

「ヴリトラさん……」

そんなおいしいシチュエーションにもかかわらず彼女は真剣そのものでした。ヴリトラに対する思いがあるのでしょう、自分の腰に装備した呪いのベルトをぎゅっと握り締め暴れ苦しむヴリトラの顔を見やっていました。

「ガァ⁉」

背中に違和感を覚えたヴリトラは体をくねらせ暴れ出します……が。

「セレンさん準備はいいですか⁉」

「準備は万端ですわロイド様！」

ロイドは逆にその反動を利用し大ジャンプ、そしてそのままセレンを空中に放り投げました。息のあったコンビネーションでスチャッと綺麗にヴリトラの頭部に着地したセレン。

「延びなさい！　呪いのベルト！」

間髪容れずベルトを延ばすとヴリトラのアゴを締め付けまるでロデオのカウボーイ状態で姿勢をキープしながら説得を試みだしました。

「お聞きなさいヴリトラさん」

ヴリトラは本能のまま暴れだし聞く耳を持とうとはしません。

しかしセレンはあきらめず言葉を紡《つむ》ぎ続けます。

「私！　わかったんですの！　なぜ呪いのベルトを、貴方の力の一端を意のままに操《あやつ》れるようになったのか！」

「……私と戦ったあの時の話？」

呟くフィロ、彼女との戦いで今まで自動で防御するしかできなかった呪いのベルトを自在にコントロールできるようになった話のようですね。

「鍛錬の賜物《たまもの》、愛の覚醒……でも、それだけでないことに最近ようやく気がついたんですの！」

「ぐぁぁ!?」

ヴリトラは聞く耳持たずなおも暴れています。セレンはがに股で踏ん張り懸命に説得を続けます。

「それは！　貴方と私が似たような境遇だったから！　意志が通じ合い自在にコントロールできるようになったんですの！　……厳密に言うと貴方と娘さんの関係と私とお父様との関係ですが！」

娘という言葉を聞いてヴリトラの動きがほんの少し鈍ります。

「私は呪いのベルトのせいで何年も塞《ふさ》ぎ込んだ生活を送ってきました！　貴方の娘さんも病気で寂《さび》しい思いをし似たような境遇だったとリンコさんから聞きましたわ！」

少しずつ……少しずつヴリトラの暴れる勢いが収まっていき周囲の仲間も「効いているぞ！」

とセレンを応援します。

「仕事であまりかまってあげられず大変な時期にそばにいてあげられず罪悪感を覚えていたことでしょう。私もお父様とぎくしゃくした関係になってしまいました」

「初めて会ったロビン殿は確かに触れるものを切ってしまいそうな雰囲気を纏っていましたからなぁ……」

スレオニンはセレンの父親、ロビンと初めて会った時を思い出しました、どこか余裕のないとがった雰囲気の彼を。

「私と疎遠になったお父様ですが陰で私の呪いを解くために奔走してくれていました。体が強いわけでもないのに呪いを解く力を身に付けるため鍛えたりなんかして……貴方だって関係がぎくしゃくしても娘さんのために頑張っていたのでしょう？」

セレンは足を踏ん張り奥歯を噛みしめ揺れに耐えながら説得を続けます。

「貴方が苦しみ暴れているのはその娘さんへの罪悪感が原因でしょう？　でもね似た境遇の娘として！　何が罪悪感だバカ親父と言いたいですわ！」

「ガァァ!?」

「自分のために一生懸命頑張っている父親を！　娘が一片たりとも恨んでいるわきゃねーでしょう！　昔のような関係に戻りたいと心のどこかでずっと思っていても中々きっかけが摑めずにいるだけですわ！　私が言うのだから間違いはありません！」

説得しながらヴリトラの頭部で地団太《じだんだ》を踏むセレン、子供が父親に向かって駄々っ子をしているようなそんな光景でした。

「むしろ！　感謝を述べて述べて述べ尽くしたいくらいなのですから！　だから！　罪悪感のせいでこんなデッカくなって暴れてなんかいないで大人しくなれって話ですわ！」

セレンの説得。それは自分と自分の父親ロビンとの関係を重ね合わせた魂のこもった説得でした。

その思いはヴリトラだけでなく他の面々にも伝播《でんぱ》したようでいつの間にかヴリトラの元に駆け寄ってセレンと一緒に説得を始めていました。

「アタシだって姉貴分のロールに感謝しているぜ。洗脳されて敵対した時もあったけど、今じゃ水に流してボチボチやっている。わだかまりなんて二言三言会話すりゃすぐ解けるから気にすんな！」

とリホ。

「私のお父さんだってアホダンディと呼ばれながら一生懸命お母さんや私たちのために頑張っていたんだ、言葉で伝えるのは恥ずかしいけど子供は絶対感謝しているんだよ！」

「……そうだ、たまに父親を蹴《け》飛ばすけど愛情表現」

とメナとフィロ。

「こんなダメな俺を見捨てず色々と将来のことを考えていてくれた親父殿に感謝している！

だから罪悪感なんて抱えなくていいぜヴリトラさん！」

とアラン。

「お母様とも色々あったけど！　愛情をもって私に接していたのはよく覚えているわ！　子供の記憶って案外すごいのよ！　愛情絶対伝わっているわヴリトラさん！」

とマリー。

「僕にはお父さんはいませんが、育ての親のピリドじいちゃんには感謝しています！　ショウマ兄さんにだってアルカ村長にだって……もちろんヴリトラさんにも」

ロイドはヴリトラのお腹《なか》に触れて言葉を続けます。

「ヴリトラさんよく言っていたじゃないですか、『ロイド君は自信を持て』って。でも今日は僕が言わせてもらいます！　ヴリトラさん！　お父さんとして自信を持ってください！」

普段、自信がないロイドからの「自信を持て」という言葉――

強いくせに弱いと思い込んでいる彼を見て歯痒《はがゆ》いと常日頃思っていたヴリトラは今自分が同じ立場になっていると気が付いたのでしょう。ピタリと暴走が止まりました。

「ヴリトラさん⁉　……わわわ⁉」

蛇の巨体は徐々にしぼんでいき元の石倉仁の姿へと戻っていきます。

「そうだ、私がいつも自信を持てと言っていたのに……そうだな、父親として努力していたことに胸を張れないようじゃ、娘も過去の自分も裏切ることになる……」

完全に元の白衣姿になったヴリトラはそのままドサリと床に倒れ込みました。

駆け付け彼の顔を覗き込むセレンたち。ヴリトラは疲弊しているのかうっすらと目を開けかすれた声で迷惑をかけたことを謝罪します。こんな状況でも律儀な男でした。

「すまない、少々暴れすぎてしまったようだセレンちゃん。謝罪は後日書面で……」

「その前に何でもいいので娘さんにお声かけくださいな。あなたの言葉をきっと待っていますから」

ヴリトラはフッと笑います。

「あぁ、もちろん、そっちは書面ではなくて自分の言葉で……な」

「よろしい、それまでゆっくり休んでいてください、ヴリトラさん」

かくしてセレンの説得によりヴリトラの暴走は収まりました。しかしその一方、各所で様々な異変が起きていたなど一同は知る由もありませんでした。


瓦礫の山、荘厳なプロフェン王城の残骸《ざんがい》にショウマはもたれ掛かっていました。

満身創痍《そうい》……鮮血にまみれおおよそ命までは奪われない程度に痛めつけられた彼の前にイブが佇んでいます。

まるで準備運動を終えたかのようなさわやかな表情で彼女はショウマに一方的に自分の苦労

話を語っていました。

「大変だったのよ、世界中にあるコンロンの村人のことが記載されている文献やらなんやらを全て回収して『コンロンの村人は「純銀」が苦手』って一文付け加える作業は」

「……付け加えて何になるんだい」

乾いた声で聞き返すショウマ、目はうつろで明後日《あさって》の方を見ていました。

イブは屈《かが》み子供に言い聞かせるかのように説明します。

「貴方、ルーン文字の原理ってご存じ？　ざっくり言うなら世界の認識に魔力を込めて現実のものにする、『なんとなく』が本当になるとんでもない力なのよ。まぁ世間が認識していなかったり荒唐無稽《こうとうむけい》すぎると効果が薄かったり膨大な魔力が必要になったりするんだけど」

「……まさか」

「そう、そのまさか。コンロンの村人は『純銀』が苦手と世間に認知させ、９９９パーミルの銀粉と高価で説得力のある薬剤を調合しルーン文字で合成し、お酒の魔王ディオニュソスの力でアルコールに変えたの。それが対コンロンの村人用『ハンニャトウ』なのよ」

「効果は覿面《てきめん》だったみたいね」と腕も上がらないショウマを見てイブはほくそ笑んでいました。

「この般若湯《ハンニャトウ》がある限り私はコンロンの村人には負けないわ。アルカちゃんだって貴方の肝《きも》いりのロイド君にだってね――」

そしてイブは立ち上がると空を見上げアザミ王国の方を見やります。

「やっかいなのはリンコ所長くらいね。聖剣のこともあるし一回ガチンコでやり合って雌雄を決しないと……まぁ家族という足枷《あしかせ》がある以上、私の勝ちは揺るがないんだけど」

ショウマなども眼中ではないイブ。

そんなショウマは絶望するどころか体を揺らし笑っていました。

「コンロンの村人っ……コンロンの村人か！　ハハハ！　ここにきて鍵《かぎ》がそれになるとは熱い展開だ！」

「何よ急に、気持ち悪いわね」

死にかけて血を吐きながらも笑うショウマにイブは変な物を見るような目つきです。

ショウマはかすんだ目でイブを睨みました。

「いいかい、最後にアンタに立ちはだかるのはリンコ所長でもなければアルカ村長でもない……愛《いと》しの弟分ロイドさ！」

「ここにきて兄弟愛？　反吐《へど》が出るわね」

侮蔑《ぶべつ》の眼差しも何のその、ショウマは語気を荒らげ続けます。

「その時に気がつくだろうさ！　俺がなんでロイドが愛おしくてたまらないかがね！」

それだけ言い切ると、ショウマは疲れ果てうなだれてしまうのでした。

イブは眉間にしわを寄せています。

「何よ、思わせぶりなことを言って動揺を誘っているつもりかしら？　あいにくその手合いは

大統領時代に何度も経験しているから無駄よ。さて……」

イブは興味を失うとアバドン羽を広げ空へと飛び立ち、アザミ王国の方を見やるとほくそ笑みます。

「さぁ最後の勝負よリーン・コーディリア所長。ただし守るべきものが山ほどある貴方と自分だけが大事な私……どっちが有利かは賢い貴方ならわかっているはずよ」

極彩色の羽を動かしイブはまだ日の高い空へと飛び立ちます。ヴリトラの暴走で混乱している自国の城内など切り捨て唯我独尊《ゆいがどくそん》の権化《ごんげ》たる彼女は自分の気持ちいいのため邁進《まいしん》します。

「守るものがあるから人は強くなるなんてご大層なことを言う人間はアホほどいるけど、自分以上に守るべき大切なものなんてこの世にあるわけがない。守るものなんて足枷にすぎないことを今日、証明しちゃうわよ！」

そのまま空へ飛び立つイブ。

残されたショウマは混濁した意識でブツブツと呟き続けます。

「……心残りがあるとすればそのシーンを生で見れないのが残念さ……誰かハンディキャメラ回してくれないかな」

そしてそのまま彼は気を失ってしまうのでした。

イブが発する異様な気配は遠いコンロンの地にも伝わっていました。

アルカもリンコ同様、禍々《まがまが》しい気配を察知し怪訝《けげん》な顔で空を眺めています。

「なんじゃこの異様な気配は……ショウマの奴大丈夫かの？」

同じ気配を察したのかコンロンの村人も次々と外に出て不安げな顔で空を見やっています。

村のご意見番、ロイドの育ての親ピリドじいさんは屋根に登って仁王《におう》立ちになりプロフェンの方角を睨んでいます。

「ずいぶん遠くの方にえらい凶暴なモンスターがおるようじゃな」

「ピリド……」

ピリドは口元をつり上げると目をギラギラさせています。

「ずいぶん大昔もこんな状況にたぎっておった気がするわい。ワクワクしてきたぞ」

楽しげな彼を見てアルカは額を押さえました。

「まったく、戦いのことだけはうっすら覚えておるとは……」

バトルジャンキーを前にアルカは呆れ笑ってしまいました。

不治の病を押して百年以上前に大量の魔王を封印するためアルカやユーグらと共に戦ったピリド。

そして無事魔王を封印し完全回復のルーン文字が完成するまでの間コールドスリープで眠っていたその後遺症で記憶の大半を失ってしまいましたが……大好きなケンカのことは忘れられないようですね。

「なにを笑っておるんじゃアルカ！」

「ハハハ、すまんすまん……しかし、ピリドがあの頃を思い出すような強敵か」

数多《あまた》の魔王の群に匹敵《ひってき》する何か……アルカは「奴しかいない」と腹をくくります。

「おそらくエヴァ……何かで枷を解き放ち、凶悪な力を取り込んだようじゃな。こりゃちと骨が折れそうじゃ」

アルカは嘆息混じりで背を伸ばし屈伸運動をして来るべき戦いを覚悟します。

「向こうの世界に一人で戻るだけなら気にも留めなかったが、憂いを断つためにこの世界を滅茶苦茶にしてワシや所長を足止めしようとしたのは悪手じゃったのぉ……ワシの友人やロイドを巻き込もうとしたのは気に食わんぞ。何をしても満足できぬ己が傲慢《ごうまん》を悔いるがいい」

そこまで言ったアルカは困ったように頭を掻きました。

「しかし、ユーグも関わっているならコンロンの村人用に何らかの対策を練っていると考えた方がいいか。はてさて」

その時です、どうしたものかと考え込んでいるアルカの後ろから何者かがのそりと現れます。

その人物はゆらりアルカに近寄ると疲れた声でぼやきます。

「やれやれ、大昔を思い出すよ……『英雄』だったあの時をね」

「ぬ？　って！　そ、ソウ！　目を覚ましたのかえ⁉」

ソウと呼ばれた老人は儚《はかな》げな笑みを浮かべ肩をすくめます。

「起き抜けにそんな大声を上げるなアルカ。いやいや、心臓に悪い」

怪人ソウ。

アルカに創られた「英雄」のルーン文字人間でユーグやピリドと共に戦ったのち、存在意義を失い「悪い人間」になろうとしてしまった悲しい男、ロイドたちとは少し前まで敵対していました。

敵対とは言っても中途半端《はんぱ》な自分という存在を消し去るためにロイドを英雄にしようとショウマと結託し、ロイドを好きになりすぎて逆に「ずっと応援したい消えたくない」と願うようになってしまったお茶目な老人と思ってください。身も蓋《ふた》もない説明ですがおおむねこんな感じのお方です。

ピリドはソウを見て嬉しそうに屋根から降り立ち彼の肩を叩きます。

「おぉ、ご老人！　寝たきりで心配しておったがようやくお目覚めか！」

バンバン肩を叩くピリドを見てソウは何とも言えない表情を浮かべていました。

「やれやれ、勇敢《ゆうかん》なあの男がこんなボケ老人になってしまうとは。共に戦ったのを覚えていないのは悲しいな」

アルカは「当たり前じゃ」とボヤきます。

「死にかけでコールドスリープにしたからの、失ったのが記憶程度で済んだのはこの男の悪運の強さじゃ。そのうえお主は老人姿、思い出せる訳なかろう」

ソウは「確かに」と笑います。

「フ……存在が希薄であやふやな頃だったら少年の姿に戻れたのだが、残念ながら今は無理でな」

「ほう、なかなか興味深いな。なぜ今は無理なのじゃ？」

「世界が望んだ『英雄』という魔力が象《かたど》った存在ではないからだ。私は自分の意志でこの場にいる、故にもはやルーン文字人間ではない、ソウという一人の老人でショウマの親友だ」

もう見る人間によって雰囲気が変わることはない、一人のソウという人間であることにアルカは嬉しく感じるのでした。

「息子が立派になったような気分じゃ」

「やめてくれ、お前が親なら親ガチャ失敗だ」

仲良く話すソウとアルカの間にピリドが割って入ってきました。

「おーい、二人で難しい話せんでワシにもわかるよう教えてくれんか！」

「理解力のなさは健在だな」

「うむ……しかし禍々しい気に当てられたとはいえ、まだ寝ていると思っておったぞ。やはり世界の危機に元英雄の血でも騒いだか？」

悪い顔で茶化すアルカにソウは首を振ります。

「いいや、親友の声が聞こえたんだよ」

「ショウマか？」

ソウはゆっくり頷くと懐から何かを取り出しました。

「ふっふっふ、これだよ」

彼の手に装着されているのは手入れの行き届いたハンディキャメラでした。

「我が友ショウマの！　ロイド君の雄姿をキャメラに収めてくれという強い意志を感じたのさ！」

大声で言いながらキャメラのファインダーを覗き込むソウにアルカは半眼を向け呆れるしかありません。

「あれだけ心配しても元英雄の目覚めの理由がそれでいいのかえ⁉」

「本望……というか同類だろ？　アルカ」

「否定できん……というかショウマの身に何か起きたのか⁉」

ソウは「おそらく」と短く頷きます。

「我が友ショウマの熱い想《おも》いが来たのだ、キャメラも持てん状態だろう」

「録画のことばかり心配しているのなら死んではおらんか。しかし雄姿を録画とは……自分が負けた相手にロイドが勝てると信じておるということか？」

「少なくとも我が親友ショウマはそう感じたんだろうね。なんにせよ――」

ソウは嬉しそうにハンディキャメラのレンズを磨き呟きます。

「ロイド君が世界を救い、真の英雄になる決戦の日は近いぞ」

はい、例えるなら孫の運動会を心待ちにしているお祖父《じい》ちゃんのようにかつての英雄ソウは張り切っているのでした。


崩れ落ちた天井の瓦礫や窓ガラスの破片が散乱する大会議室。立派な円卓もシックな装飾品も見るも無惨な姿になっています。まるでそこだけ台風が通過したかのような惨状です。

その床に野戦病院が如く怪我をした執事や女中さんが横になりリホやコリンの回復魔法やアンズの応急処置など治療を受けていました。骨折の痛みで呻《うめ》く者、擦過傷の傷が痛々しい者など様々です。

意識を失ったヴリトラも麻子と一緒にその場に横たわっています。

カーテンを引きちぎり包帯代わりにして治療にあたっているアンズも恐々としておりました。

「魔王を世に解き放つってことはヴリトラさんみたいなのが大小ワラワラ現れるんだろ……たまったもんじゃねえな」

「だべな」

ついつい弱音を吐いてしまう彼女にいつもだったら憎まれ口を叩くはずのレンゲが言葉少なに同意します。

そこに怪我人を捜索していたメルトファンたちが戻ってきます。

「もう瓦礫に埋もれている人はいないみたいだ」

クワとスキをダウジングマシンのように扱いながら怪我人を探していたメルトファン……一見「何やっているんだ」とツッコみたくなる姿ですが、何人も瓦礫に埋もれた人を救出してきたので誰も何も言いませんでした。実績で黙らせたというところでしょう。

「しかし大きな穴が開いてしまったね、国際問題に発展しないと良いけど」

「相手が悪いんだ、賠償なんて求めてきてもうちの国庫からはビタ一文も出させないよ」

一国の王らしくそっちを心配するサーデンと財布の紐《ひも》の堅いカーチャンみたいなノリのユビィ。修羅場をくぐってきただけあってさすがですね。

そこにヴリトラと麻子を介抱していたセレンが会話に入ってきます。

「悪いのはヴリトラさんを暴走させたイブですわ。こっちが賠償を求める方です……報いを受けてもらいませんと」

「そうだ、イブ様はどうなったんだ？　確かショウマという人物が向かったと聞いたが大丈夫なのか？」

スレオニンの疑問に息子のアランが答えます。

「心配する必要はないぜ親父殿！　あの人はコンロンの村人で強さだけならロイド殿より上だからな！　魔王にだって後《おく》れは取らないぜ！」

自信満々のアラン、しかしそれがフラグ発言だったことは気がつかないみたいです。

「――ッ⁉」

アランのセリフ終わりと同時にフィロの目が見開きました。アランは動揺します。

「な、なんだよフィロ⁉　俺変なこと言ったか？」

彼女に続いてサタンとスルト、そしてロイドも何かに気がつき、ぽっかり穴が開いた天井によじ登ると遠くの空を見上げます。

「ど、どうしたのロイド君？　フィロちゃんも」

メナの問いにロイドはシリアスな表情のまま空を見やっています。

彼が身震いしたのは冷たい風が彼の頬をなでただけではないようです。

「何か……妙な気配を感じます」

一同がきょとんとする中サタンが落ちつきなく頭を掻き、スルトも気持ち悪そうにしています。

「なんだいこりゃ？　魔王とも違う歪《いびつ》なオーラだ」

「いろんな感情がスクランブルエッグみたいにごちゃ混ぜになっている感じだぜ。気持ち悪っ」

ロイドが目をこらし遙か上空にいる人影を捉え指さします――はい、新生したイブの姿を。

「……上に何かいる」

フィロも気が付きスルトとサタンも指さす方を凝視します。

「誰だありゃ？　なんていうかキュートな女の人だけどキュートすぎて逆に変だぜ」

「あぁ、キャバクラで自然にお金を貢《みつ》がせる警戒すべきタイプだ」

「それな」

例えとして適切なのかはさておいてダメ人間の二人には通じ合うようです。

「もしやアレがヴリトラさんの言っていたイブのニューボディってやつですの？」

「だとしたら願望てんこ盛りすぎて気色悪いぜ。恥ずかしくないのか」

「……整いすぎて気味が悪い」

セレンたちからも散々な言われよう、そのぐらいエゴが押し出されている姿に見えるんでしょうね。

口々に「気味が悪い」を連呼する一同。

「あれは、きっと悪い人です」

ロイドも普段見せない口調でそう言い切った瞬間、フワッとイブはどこかへと飛んでいったのでした。

そして、ロイドは彼女が無事であることを知り、向かっていたはずのショウマの身を案じます。

「ッ!?　ショウマ兄さん!?」

「ろ、ロイド君!?」

イブが浮いていた下にショウマがいるはずだ。

無事でいて欲しい。

ロイドはその一心でプロフェン城の階下へ飛び降ります。崖を駆け下りるかのように必死になってよじ登り、跳躍し、衣服が瓦礫のせいですり切れるのもお構いなしで駆けつけました。

そしてイブの浮いていた真下にたどり着くと血眼になってショウマを探します。

「…………ショウマ、兄さん」

願いむなしく、彼はボロボロになって横たわるショウマの姿を見つけてしまいました。

あらぬ方向に曲がった腕や足、骨折などすぐに治せるはずのコンロンの村人でも回復できないくらい消耗しきっているのは明らかでした。

ロイドは直感します、イブが自分の体を馴染ませる準備運動のためにここまでいたぶったんだと。そして楽しむために必要以上に、死なない程度に痛めつけたんだろうと。

フツフツと――

ロイドの奥底から煮えたぎる感情が噴き出し――

彼は血管が浮き出るくらい強く強く、強く拳を握りしめました。

「どんな手を使ったかわからないけど……絶対に許さないぞイブ・プロフェン！」

ショウマを抱き抱え猛るロイド。

昔なら「ショウマ兄さんを倒した相手なんか僕には無理だ」と言ったでしょう。

彼は知らず知らずに心のどこかにずっとあった「段差」を登ったのです。強い、弱い、そんなの関係ない。やらなきゃいけない。その感情に突き動かされて――

「みんなを守る。それが僕のなりたい軍人……憧れた英雄なんだ！」

そう、これはアメコミで例えるなら「誕生秘話《オリジン》」と呼ばれる瞬間。

物語の主人公が自覚と覚悟を決めた原点と呼ばれるもの。

今この時、この場所で世界の待ちこがれた英雄が生まれたのでした。最後の戦いは……間近に迫っているようですね。

あとがき

これはサトウとシオ二十代の頃の話です。

若い頃、酒の席でくだらないことを言い出すことってよくありますよね。タイプの女性の話に失恋話、今から告白してみろ、待て待てメールで脈あるかまずは確かめろ……などなど。

特に彼女ができないなどの非モテトークは実にお酒のすすむ安定安心信頼の肴になります。

そんなある日の飲み会、酒の入った私はふとノリでこんなことを口走りました。

「彼女できるまでクレープ食べない！」と。

なんと大好きなクレープ断ちでモテキを呼び込もうという大胆かつ無謀な作戦。制約と制限による非モテ脱出宣言に友人は大いに盛り上がりました。

そして十年後……

私は生クリームとチョコ、バナナの味を忘れてしまいます。個別に口にすることはあるのですが「あの極上の味わい」は全くイメージできなくなりました。

いいえ、忘れるどころか、私にとってクレープは神聖な食べ物へと昇華され「それを食べるなんてとんでもない」というシステムメッセージが脳裏に浮かぶようにすらなりました。

……あの頃レンタル彼女がいたら絶対レンタルしてむさぼるようにクレープを食べていましたね。時代が俺に追いつかなくてよかった。

とまぁこんな感じで自分はマイルールを勝手に作って守る癖がありまして……そのおかげか新人賞に受かったのかなと思っています。そして今日まで作家として活動できたのも小さな目標と応援してくれた読者の皆様のおかげです。モテずにクレープの味も忘れてしまった哀れな男が頑張ってこられたのも本当に皆様のおかげです。

では、デビュー以来初めて自然な流れで謝辞を……

まいぞー様。いつもいつもお手数おかけしております、今度美味しい物お送りしますわ。

和狸《わたぬき》先生。素晴らしいイラストをいつもありがとうございます、特に今回は表紙が素敵で麻子ちゃんの表情にキュンキュンしております。

臥待《ふせまち》先生。毎回コミカライズのネーム楽しみにしております、特にショウマの過去回想がエモくてエモくて担当さんと大いに盛り上がりました。

草中《そうちゅう》先生。スピンオフいつもありがとうございます。ジョンズ社長がここまでのキャラになるとは思っていませんでした。社長にキュンキュンしております。

そして何より読者の皆様、ここまでお付き合いくださいましてありがとうございます。皆様のおかげでラスダンはここまで続けてこられました！　本当に感謝です！

というわけで次が最終巻です。本当に本当にありがとうございます、最後までロイド君らの雄姿を描ききれるよう頑張りますね。

……おかしいなぁサタン氏殺してロイド君が奮起して最終巻に向かうはずの計画が殺すタイミングなくてそのまま14巻が終わってしまった。サタン氏ホント悪運の塊やな。

計画殺人犯には向いていないサトウ。

ファンレター、作品の
ご感想をお待ちしています

〈あて先〉

〒106－0032
東京都港区六本木2－4－5
ＳＢクリエイティブ(株)
GA文庫編集部 気付

「サトウとシオ先生」係
「和狸ナオ先生」係

本書に関するご意見・ご感想は
右のQRコードよりお寄せください。

※アクセスの際や登録時に発生する通信費等はご負担ください。

https://ga.sbcr.jp/

たとえばラストダンジョン前の村の少年が序盤の街で暮らすような物語 14

発　行　　2022年3月31日　初版第一刷発行
著　者　　サトウとシオ
発行人　　小川　淳

発行所　　SBクリエイティブ株式会社
〒106－0032
東京都港区六本木2－4－5
電話　03－5549－1201
　　　03－5549－1167（編集）

装　丁　　AFTERGLOW

印刷・製本　中央精版印刷株式会社

ISBN978-4-8156-1244-3
Printed in Japan
GA文庫